二高山

钟育政散文自选集

钟育政　著

人民东方出版传媒
東方出版社

图书在版编目（CIP）数据

二高山 / 钟育政著. —北京：东方出版社，2021.8
ISBN 978-7-5207-2190-5

Ⅰ. ①二… Ⅱ. ①钟… Ⅲ. ①散文集 – 中国 – 当代
Ⅳ. ①I267

中国版本图书馆CIP数据核字（2021）第082277号

二高山
（ER GAO SHAN）

作　　者： 钟育政
策划编辑： 鲁艳芳
责任编辑： 张洪雪
出　　版： 東方出版社
发　　行： 人民东方出版传媒有限公司
地　　址： 北京市西城区北三环中路6号
邮政编码： 100120
印　　刷： 北京联兴盛业印刷股份有限公司
版　　次： 2021年8月第1版
印　　次： 2021年8月北京第1次印刷
开　　本： 880毫米×1230毫米　1/32
印　　张： 8
字　　数： 186千字
书　　号： ISBN 978-7-5207-2190-5
定　　价： 39.80元
发行电话：（010）85924663　85924644　85924641

七〇后的城乡记忆

自　序　八千里路乡和城

据说，古时候读书人中年时有三大愿望：起个号，刻部稿，讨个小。我没读多少书，但也有类似的追求，目前办到了两样：十六年前起了个号，QQ 号；十二年前讨了老婆，比我小。现在只剩下一件事要办，刻部稿。这件事要是办成了，似乎我可以开始写人生总结了。

几经推敲，我把这部稿定名为“二高山”，它分为“乡间”和“城门”两部分。“乡间”讲的是恩施盛家坝的那些“陈谷子烂芝麻”；“城门”则是在恩施、武汉、广州、中山和佛山的一些见闻。

盛家坝大部分地方属于“二高山”。当地于二十世纪七十年代末建成了枫香河发电站，水库是一个大蓄水池，又叫“潜池”。有人当年看到省水利局的工程师测量过，“潜池”海拔八百七十米，高度在盛家坝居中。

为啥又说“八千里路乡和城”呢？是这样的，盛家坝到恩施一百里，恩施到武汉一千二百里，武汉到广州二千二百里，广州到佛山两百里。盛家坝到佛山三千七百里，一个来回差不多就八千里了。

这是其一。其二，注册 QQ 号要有个昵称，叫什么好呢？想起自己都三十岁了还一无所有，“三十功名尘与土，八千里路云和月”，就叫“八千里路”吧。

再说“乡”。我从十五岁起到恩施、武汉求学，二十出头又回盛家坝待了六年，在家乡一共是二十一年。十五岁之前，日子虽说清贫，也总算是一段幸福快乐的时光。在盛家坝上班那几年，每天都在纠结去、留，走、不走……六年后的结论是拍屁股走人，“仰天大笑出门去，我辈岂是蓬蒿人”。其实心里还是有点虚，因为我已年方二十八。春光很美，但心情相当低落：

如果让我挑一个季节和地方离开这个世界，我愿意选在开满野樱桃花的春天，在一个半阴半阳的幽静缓坡。那么，开桃花的地方不行吗？桃花不行，桃花会打败人的意志，撩动对尘世的留恋，使人不能安眠。

一个貌似得到弗洛伊德真传的朋友看到这段文字后说，你那是在思春吧？我羞涩地不想承认。后来想想，从规律上讲他的说法没毛病，就招了。

叔本华有言，人生有两大痛苦的根源：匮乏和无聊，解决了匮乏，无聊便随之而来。莫言也表达过基本相同的意思，世人干的无非是两件事，贫困者追求富贵，富贵者追求享乐和刺激。我当年的情况略有不同，是既匮乏又无聊。在郁闷的岁月里，我乞灵于经典，把《红楼梦》看了十多遍，年纪轻轻就晓得“色即是空”；反反复复地读胡适、周作人、林语堂、梁实秋、丰子恺、郁达夫，但没有人指引我走出郁闷。

现在看，二高山上的盛家坝何尝没有值得怀念的地方？每年农历八九月间有一段最好的日子，天又高又蓝，空气干爽，阳光和煦，田地一片金黄，院子里的水泥地上摊晒着红辣椒，人们忙碌而满足。要是时光能够停在八九月该多好啊！

还要说说“城”。以前，我从没想过有一天会在这个长满细叶榕、菩提、芭蕉的岭南落脚，而且一待就是这么多年，直到有一天回望过去，发觉自己已悄悄老去。人生如戏，离戏台很远的时候，满以为那里有说不完的精彩，现在走近了发现原来不过如此。

以前，我更没想过有一天会凑这么一本小书。我的如意算盘是进城先读硕士，再读博士，教书育人，做个清高的文人，除了比我有文化的谁也瞧不上。差不多三十岁之后我才意识到挣钱很重要，同时确信这辈子百分之百当不上教授甚至讲师了，醒悟得很晚很彻底。我认识好几个文青，经常说又在哪里发了一首诗、在哪里发了一篇小说，文绉绉地窃喜。但普通文青都不怎么挣钱，不要说和冯唐、韩寒有云泥之别，就连基本生活也维持得很一般。这让我更加坚定地抛弃了做文青的念头。

那么，为什么又要出这么一本小书呢？原因很简单，主要有两个。

第一，批发式怀旧。同学到中年喜欢聚会，聚会时忍不住要怀个旧。我们早就不是八九点钟的太阳，而是已经过了十二点，现在大概到了下午两三点钟，还不抓紧怀旧哪还有时间？但是，旧这个东西怀起来几天几夜可能都没完没了，没那么多工夫扯就写出来吧。从 2010 年开始我陆陆续续写些小故事发到 QQ 空间里，2014 年又把这些小故事转到微信上。一些同学、朋友说这仿佛也是他们曾经的生活，很感动，当然还有一些“写得很好”之类的话，使我很受鼓舞，于是把那些陈年往事拉拉杂杂地写了下来，不想居然有了十多万字，勉强可以凑一本书了。

第二，想给儿子留下一点精神食粮。寒门子弟，除非特别幸运，好多都在以时间换空间下蛮力，可我仍然没能力给他留下丰富的物质财富，只能给他讲讲过去的故事，让他长大后知道他爹至少曾经是个努力的人。一粥一饭当思来之不易，破房破车恒念物力维艰，千万不要误会自己是啥贵族。爹想跟他讲，如果真有那么简单，他可能要比现在大十岁。

我也曾把这些稿子投到大型文学杂志和出版社，然而只收到两封客客气气的退稿信。我已经多年不怎么关心文学界的情况了，最近留意瞄了一眼，发现光怪陆离的东西可能更有市场，我的这些故事都太老实、太小众了。没有理由让出版社出一本卖不掉的书，与其投球一样百投不中，不如自己把这些小众的读者找出来。不管是好是坏，四十多了也文艺一回。

目 录

乡 间

城　门

「乡　间」

回望盛家坝

（一）还乡

1989年离开盛家坝时我是好学生，六年之后的1995年以另外一种姿态折返。在离开的这几年里，因为老师反复念叨，后面的好几届学生都知道我。有些人觉得，钟同学应该有可能折腾点儿什么大事。但是，钟同学就这么回来了，瘦削、苍白、幽独，抽烟、喝酒，言谈不合时宜，对人们的各种关切时常报以讪笑。

盛家坝是个什么地方？二十多年前，盛家坝还是个“区”。有外地的同学感到好奇，追问，恩施一个县级市，盛家坝还“区”，请问是“区”什么？这个问题当年让我支支吾吾，如今却可能戳中一些人的笑点。因为答案并不是“区政府”，而是“区公所”，听起来颇有民国遗韵。所谓“区公所”，就是县级政府在某些山大人稀的地方设立的派出机关，和乡、镇、街道办事处平级。盛家坝位于恩施市南端，过去是“区”，现在是乡。恩施市在1998年左右撤区改乡，原来的区委书记改称乡党委书记，区长改称乡长。书记、乡长们有些失落，觉得还是“区”好，听起来像正县级。

从地图上看，盛家坝居然位于长江以南。一位精细的朋友发现，整个恩施其实是云贵高原的末梢，一看果然不错。云、贵、渝和鄂西南（也就是恩施）把相对平坦的地方叫作“坝”，盛家坝就是江南一坝。

刚到佛山时，我看过一位报社前辈出的诗集，大段地叙写乡愁，觉得有点不能理解。他的家乡潮州和佛山相距不到千里，盛家坝距离佛山却有三千里，偶尔出现在我梦境里的，往往只是发霉的办公室、冰冷的宿舍和几个似笑非笑的面孔。这个地方我不留恋，也不讨厌。因为，有恩怨的，已归平静；有争议的，已有答案；有挂碍的，已作了断。

即使是很少表露情绪的人，在回忆起家乡的吃食时，也免不了

有些矫情。在盛家坝吃的那些东西一味地油、辣，什么肉都喜欢加酸萝卜烧干锅，并不太让人回味。只是几年前的年关，回想起小时候院子里杀年猪时团团围坐的那种热气腾腾，突然不能自已。

二十五年前的盛家坝，相当沉闷，已经多年没调一次工资，多年没有一个当书记的更上层楼，多年没出一个标新立异的人物。小镇上“四大嫂子”“四大鼻子”“四大嫖客”的名分早有定论，而几桩传说中的桃色事件也接近尾声。

（二）短街

十多年来，我无数次梦见盛家坝的街。总是在清凉的黎明或者黄昏，在有些暗淡的街上，小摊上摆着桃、李、梨和其他各种时鲜水果，三三五五游荡着似曾相识的身影。我看而不买或者正要买时，眼前的一切倏尔不见……

二十世纪九十年代的盛家坝就一条短街，以土管所始，以烟草站终。这条主干道兼街道长约三里，走一个来回大约半个小时。区公所、粮管所、供销社等老房子，门窗上五六十年代的红油漆已经斑驳。粮管所业务好像很繁忙；供销社却正在没落，食品柜台上一个个玻璃罐子里混杂在糖果中的白色小肉虫兀自蠕动，卖货的装作没看见，大家对业务早已心不在焉，有办法的人热衷于推销私货。

上班的第一年我在计划生育办公室做统计兼会计。办公室前有两排小店铺，卖烟、酒、服装和各种杂货，小镇上的年轻男女喜欢在这里扎堆吹牛、调笑。几年前我们心目中的漂亮女生彼时已泯然众人，和大家嗑着瓜子闲聊。不晓得这些小店的店主赚到钱没有，反正守个店总比没事到处晃好，一些小姑娘还由此结识了男友。

靠马路一边有两间理发店，其中一间的女老板和她的徒弟都怪模怪样，店里经常出入一些奇装异服的男男女女。一天，女老板突然出现在暮色中的寒舍，兄弟不才，急忙走避。

计生办和派出所在一栋楼办公，派出所经常带些人回来，有的铐在楼梯的柱子上，难对付的就给铐在特制的水泥墩子上。有时候遇到铐着的熟人，打不打招呼都让人很不自在。有一年冬天，水泥墩子上铐了个人，脸和手脚都是酱油色，只有眼珠还在动。听说是过年前偷腊肉，被人抓住暴打了一顿。

经过粮管所、供销社往前走，右边是农行、信用社，营业厅里摆着几个大号的保险柜。一定有很多人和我一样，一直很想知道里面到底有多少钱，有什么办法可以弄出来。

再往前的十字路口，有两个人值得一提。一位七十多岁的斯文老头儿和老伴儿开了个小店，老头儿曾是黄埔军校十六期的学员。另一位是手巧的男理发师，据说喜欢和税务所、邮电局的帅哥来往，经常帮他们把衬衣洗净、叠好。

十字路口左边是初中，右边是中心小学，这里是文化人扎堆、思想活跃的地方。过了十字路口，先是兽医站，再是卫生院。几十年来，学校和医院的男女们缔结了许多姻缘。

二十多年前，要再往前走就有些空旷和荒凉了。街道尽头的右边有几十亩桃树，初春时节桃花灿若云霞，让人睁不开眼。有那么两三年，我每年在那里伤春、吃桃。

读初中时经常走过盛家坝的老街。老街头上一户人家屋前有棵垂死的老桃树，抽了一丫新枝，每年都高高地挂几个又大又红的白花桃，引得小伙伴们一次次地张望。为什么我老是梦见街上卖水果的，不会跟这个有关吧？

肉身决定逃离，魂魄却要逗留，不管那个地方你喜不喜欢。人好怪！

（三）流俗

盛家坝区公所（1998 年改称乡政府）大门的左边有一棵高大的梧桐，梧桐旁边是一棵桂花树。有人说“栽下梧桐树，引得凤凰来”，那棵梧桐树上却住着一只神秘而悲苦的大鸟。而那棵桂花树，我们视若珍宝，浇水、施肥，精心呵护。八月丹桂香，摘一小撮掺在茶叶里，再慢慢晾干，异香扑鼻。

夏天晚饭后，我经常站在梧桐树下抽烟，思考人生，直到周围灯光一点点亮起。我在短街上已逛了千百回，熟悉的面孔已看够，想说的话已说完，晚上还有大把时间看书，不发呆能干什么？

人们冬天喜欢群居，夏天更乐于独处。在那个互联网、手机远未普及的年代，夏天日落时分的寂寞潮水般涌向小镇上每一个单身男女，一个不那么温柔的秋波已足以使人沦陷。没有马景涛式的告白，也没有三五年终成眷属的佳话。我曾觉得小镇上的男女之情过于平淡，若干年后才明白，都市男女可能有着更多迷茫。要是在广州，你怎么会知道，街头开店那胖姑娘的爹曾当过村支书，那位和善的大叔其实在二十世纪六七十年代叱咤风云？

与其他许多地方一样，喝酒在盛家坝即使算不上美德，也不被视为恶习。我曾看到一位身居要职的前辈喝醉后歪歪斜斜地拥着州里来检查工作的女领导到文化站跳舞，一长截皮带从裤襻里挣出来呼扇呼扇，大家一笑置之。一个青皮男醉酒后骑着他的破摩托摇摇晃晃挣扎着要回家，围观群众亦步亦趋。车在拐弯的地方冲向坎边，坐垫掉到沟里，围观群众哈哈大笑，直到警察赶来善后。还有位大哥，村里的书记嫁姑娘，他去喝喜酒，喝高了。姑娘出嫁，当爹的舍不得，忍不住落泪，他也跟着呜呜咽咽地哭。当爹的说，姑娘头上戴的花太红太艳太不庄严，必须取下来，他立即表示赞成。好几位年轻老师因善饮而闻名一时，故事婉转曲折。独酌、对饮、欢会，像享受生活，像与人较劲，又像心中确有块垒。

在这里打牌也是不错的消遣。本人也多次捧场，不过浅尝辄止。有好几个深夜，我听到有人敲开同事的门，说是输光了亟须“赶账”（借钱）扳本。有一天夜里，旁边一帮老头儿突然大吵起来，有一位直喊要打人，原来五毛钱一盘的地主，这位又斗输了。赢了钱的喜形于色，买东西不还价，输了钱的难免沮丧。听说有人抽烟把打火机火苗调到只有黄豆那么大，因为他头天晚上输了钱，要厉行节约！十多年前，我神经衰弱，偏头疼，夜里经常睡不着，绝望地听着楼上的麻将牌哗哗哗一次次响起，时不时还有一块掉在地板上。有天实在忍不住，我挥拳打碎了一块窗玻璃。

冬夜漫长，人们常常聚在一起聊天，制造一点简单的快乐。听得最多的是一批二十世纪四五十年代出生的前辈，聊六十年代末以来的风雨和恩怨。除了回顾历史，大家便相互戏谑，把对方出洋相的情形一遍遍地重现、放大。要不就是相互“占便宜”，以各种方式暗示跟对方的女眷有着特殊关系，其身份相当于对方的爹、姑父、姐夫、妹夫，甚至女婿。我好像没在其他地方见到过这种奇异的民俗。

如果有人起头，鬼怪故事也会轮番登场。此外，人们热衷于探索两性话题，充分运用隐喻、谐音等各种修辞手段，我认为完全有申报“非遗”的资质。盛家坝川鄂古盐道上的盐帮堪比沈从文笔下的水手，故事很精彩，小的时候听父辈讲过一些片段，很想听有人再讲一讲，可惜能讲这些故事的人二十世纪八九十年代后陆续都不在人世了。

在这样的地方待久了，再古板的人也可能变得油嘴滑舌。老D是快退休的男同事，瘦瘦高高。小H是三十来岁的女同事，肥硕豪放。有一次，为了论证“脚杆”和“腿”的差别，我举例说，老D的那个叫“脚杆”，小H那个叫“腿”。这个话被小H知道了，对我怀恨在心，女人再豪放还是女人哪。

小镇上的居民淳朴、认命、坚忍、达观，身上闪耀着世俗的光辉。是啊，谁不想过好日子？但得慢慢来。

（四）夜鹰

一天深夜，我在睡梦中听到窗外嘤嘤嗡嗡，时断时续。那个声音后来又多次在夜里响起，婉转苍凉，含混而富于韵律，像是葬礼上的丧歌。有一天夜里，我循声望去，原来是个干巴老头儿，光着枯瘦的上身，一只手拿着燃着的油枞树条，一只手提着小便桶，晃悠悠地从他的小屋子里出来又进去，进去再出来。疯老头一个人住在计生办后面的一个小棚子里，没人知道他吃啥喝啥。有人说，只要他一唱歌，不死人就要变天。有一年盛家坝街上开大会选村主任，他得了三票。

扰人清梦的，还有梧桐树上那只大鸟。这只鸟经常在夜深人静时突然“嘿，嘿，嘿嘿嘿嘿——”地大声怪叫，像冷笑，又像示威。

平时人们不怎么留意这只鸟，在你差不多已经忘记它的时候，它又会高踞在树上大叫几声。盛家坝街上有人传言，区公所院子里树上那只大雀儿一叫，附近什么地方就要死人。刚上班时，派出所一个小伙子被吓得硬要挤到我的宿舍睡。

没人知道那究竟是一只什么鸟，据说是夜鹰，属于一种长寿的猛禽。原来梧桐树住的大鸟不止一只，是一对，其中一只几年前被武装部的Y部长用步枪打了下来。据一位长者描述，那只大鸟啪的一声掉在地上，一动不动，两个翅膀张开有四五尺长。死鸟被厨房拿去，加了大量大蒜、辣椒、花椒炒出来，Y部长和几个伙计准备大快朵颐喝上一杯。然而鸟肉腥臊不堪，大家尝了一小块，连最馋的人也不愿再下箸。留下来的那只鸟独自在梧桐树上住了好多年。原本英武精悍的Y部长，后来不知得了什么病，经年不愈，在我们上班前两年郁郁而终。听原来的同事说，梧桐树已在前几年被砍倒，大鸟不知所终。

有件事一个老同事反复跟我讲过好几次。二十世纪七十年代初一个秋天的下午，这位同事要到一个很偏远的村子下乡，一个人在荒无人烟的山间小道上不紧不慢地走，又饿又累。正要迈过一条山沟的时候，他看到对面陡坡上有只山羊，一边往上爬一边往下滑。他悄悄走过去，扔出一块石头，同时大叫一声。山羊受了惊，从坡上跌进沟底，被老同事用几块大石头收拾了。老同事吃力地扛着猎物，傍晚投宿在山里的一户人家。一家人忙着把羊剖了，大家围在一起吃了一餐。第二天，老同事留下羊头、羊排作为答谢，用木棍挑着四条羊腿高高兴兴地回了家，在那个物质匮乏的年代收获了一笔可观的财富。来年开春后，老同事下乡又经过那里，得知剖羊那户人家的五间木房已经在头年冬天被一把火烧了个精光。

（五）神水

与盛家坝相邻的宣恩县境内有一股泉水，在1998年前后被誉为神水。很多人相信神水可以治病、消灾。一时间水井边来了很多人，也停了各种车，人们提着各种容器，带着各种表情。

老Z有个小舅子住在离宣恩边界很近的地方，人在福建那边打工，经常给老Z打电话，要给寄菜种子、苞谷面、衣服等东西。老Z烦不过，说："一打电话就要寄东西，一打电话就要寄东西，不是在打工吗，不晓得去买啊？街上哪样买不到？"

有一天上午八九点钟，派出所的副所长从广播站门口急匆匆走过，神色慌张，一边走一边问我："你看到刚刚有人过路没？"我问："什么样的人？"他说："唉，别说了，昨天所里抓了个人，在外面犯了事逃回来的，晚上铐了锁在留置室里，不晓得怎么把门锁弄开跑了，福建那边的公安已经到了，等着带人走呢。"

那个逃走的人正是老Z的小舅子。他因为经常受工友欺辱，一天晚上忍无可忍，用铁锤敲破了对方的脑壳，完事后连夜逃回家，就在家里被警察抓了。

抓住的人又跑了，是一件了不得的事，全市马上设卡堵截，盘查过往行人，闹了好几天没有一点头绪。有人说，秋天外面吃的东西多，要是躲进了深山，怕没那么好找哇。

大家准备回撤，另作安排。回程的路上，负责宣恩、咸丰方向的几个人当中有人提议去尝尝那股神水。一行人喝完神水正准备上车，迎面慢慢走过来一个人，只见那人两只手提着裤子，戴着手铐，佝偻着腰，脸是歪的。那就是大家几个昼夜以来苦苦追寻的人。

回盛家坝的马路边有块丈把高的大石头，我们叫它“高岩桩”，也被人奉为神石。二十世纪九十年代就有人给大石头烧香烧纸，近些年来好多人为它挂红布、放鞭炮。有人开着小车从远处来，场面很壮观。据说，这块大石头曾阻停过一台失控的车。

不知道人们究竟为何而来，想必有求平安的、求升官的、求发财的、求婚姻的、求子嗣的、求病快好的、求打麻将赢的、求炒股票赚的、求国泰民安的、求五谷丰登的、求仇人快点挂掉的、求“那个事”不要露馅的……

也不知道这块石头犯了什么错，要天长日久地遭受烟熏火燎和炮轰。

一定有什么主宰着这个世界，但还没有人见过那是什么——难道只是一块石头？我曾跟朋友开玩笑说，一定要找个月黑风高的晚上，喝半斤酒，然后把高岩桩掀翻，让它滚下山坡，还乡亲们以宁静。

但是看到越来越多的人前来朝拜，我的决心越来越不坚定。

（六）计生

在计生办工作那一年，我的主要工作是填报各种表，那些表有人称为“格格文件”。当时 Excel 好像还没问世，倒是有 CCED、FoxBASE，但是没人会，有人会也不行，因为没有电脑。所谓做报表，就是用圆珠笔使劲地把数字写在牛皮纸厚的表格上，一式四份，中间垫着蓝色的复写纸。所谓水平，主要体现在表做得平不平，数字是不是写得工整流利。

一个二十出头的小伙子，连什么是女人都没闹明白，突然要频繁地讨论人类繁殖这么古老的问题，真有点不好意思。但有人觉得我一定擅长妇科，要么总得会点什么其他的医术，总之我经常被人尊称为“医生”。有天早上刚起床，在工商所做饭的小姑娘举着被菜刀切破还流着鲜血的手指要找“钟医生”。医院里有个姑娘听说我是医生，问我哪个学校毕业的，我说黄石卫校，又问学什么的，我说麻醉专业，硬是没说漏嘴。

计生办的人管人家生娃，有点讨人嫌，经常被人冷嘲热讽。说什么医生没文化，“炔雌醇”念成“块子哼”，“肠梗阻”念成“肠梗粗”。计生办有些药名字怪怪的，有种药叫“复方甲基炔诺酮片”，有个二杆子瞄了一眼，不屑地说：“吓！复方，甲基，决一雌雄片！”

中国人把谈恋爱叫作“搞对象”。计生办把那些需要做工作的人也叫“对象”，“对象”通常是育龄妇女。为了一个对象，计生干部走乡串户、跋山涉水，有人总结这叫“四千万精神”——千家万户、千言万语、千山万水、千辛万苦。

有一次，大家追寻一个对象好几天没有结果，于是坐下来开会商量下一步何去何从。老干部老 L 十分严肃地说：“关于这个对象，我认为有两个可能：一个可能是已经生了，一个可能是还没生。”所以，老 L 从此又被人称为“两个可能”。

二十世纪九十年代中期，农村的计划生育工作已经逐渐转向和风细雨。“通不通三分钟，再不通龙卷风”那种标语早已被淘汰，“要想富，少生孩子多养猪”式的诱导则时有所见。也有干部不分场合，把“只生一个好”刷到别人猪圈上。

我在计生办只工作了一年，有几件事现在想起来仍然觉得好温暖。

一次，有对来办准生证的男女不知为什么气鼓鼓的。女的越讲越火，一步跨上我的办公桌就要从二楼窗台上跳下去，被我拽住脚一把扯了下来。还有一次，我们找到一个对象，大家走到恩施与咸丰交界的一座大桥上，那个女的突然奔向桥栏杆就要跳下去，被我死死拉住不放，那个女的照着我的手臂就是一口，没咬下肉，只痛了两个月。乡女多礼，为谢我救命，下死手“亲”了我一口！

有一天，办公室来了个妇女，看样子四五十岁，脸色蜡黄。她颠三倒四说了半天我才明白：她大女儿已经出嫁，儿子才十九岁，前一年在一场车祸中没了，两口子觉得好孤单，好想再生一个，要办个准生证。这种情况的准生证得到市里办，但我很快就张罗好了。到办公室聊天的一位老前辈开玩笑说：“看她那把年纪，怕是搬石磨盘都压不出来了吧。”我说：“老辈子啊，积点德吧，快别这么说了哈。”第二年在街上碰到那个女的，见她气色好多了，背篓里的孩子白白胖胖。我看到之后好高兴，悄悄走开了，没跟她打招呼。

那一年，我走遍了盛家坝四十个村里的三十八个，星夜赶路是寻常事。有天晚上，我和一个同事要疾行二十里山路给一个对象家里捎个信。这位同事上过战场，身材魁梧彪悍。夜已深沉，山道岑寂，我们打着手电筒，一路走一路聊。突然，我跟他说，假如你现在回过头，发现跟你讲话的已经不是我，你会怎样？过了一会儿，他说：“你还别说，我还真有点怕呢！”

（七）下乡

干部们到村里去办事，叫“下乡”。集镇上的人并不觉得自己住在乡下。不仅乡下有乡，村下还有乡。有个笑话，说一个村里开了间打米厂，请了个老头子守厂子。一天中午有人路过，看到老头子在吃饭，就跟他打招呼：“哟，这么早就吃中饭哪！”老头子白了他一眼：“机关不比农村啊，十二点就吃中饭！”

除了“机关”“农村”的差别外，还有“高山”与“低山”之分。大山里面高一点的地方叫高山，地广人稀；低一点的地方叫低山，平地多人气旺。低山人嫌高山人粗鄙无知，高山人瞧不起低山人小气自恋。

干部下乡干什么？农特两税、计划生育、落实生产任务、解决扯皮拉筋……干部和群众都很熟，见面先顾左右而言他，拉个家常，开个半黄色的玩笑，最后才开始说正事。如果是收税，领头的那个干部先开腔：“呵呵，天干地炸侧（裂口），皇粮国税少不得。您家这个税，看什么时候交了吧！”那么，家里拿得出钱又爽快的，马上就交了；家里拿不出钱或者有钱故意要拖两天的，双方就约个日子再来收。

有些干部怪里怪气。他们如果哪天下乡出门第一个遇到的是女人，就认为这一天会诸事不顺，甚至因此打道回府。

在盛家坝那些年走过的金色田园、空山幽谷其实都是真正的5A级景区，加上一路上男男女女各种段子，几十里山路走下来好像也不太累。我没有耐心和老百姓周旋，倒也苦中作乐，甚至干过些抓鸡摸狗的勾当。

1997年初夏，我们在高山上下乡落实烟叶移栽任务，兄弟们自己做饭吃，没多少油水，饱一顿饥一顿。大家从山上弄来竹笋，天天吃，吃不完的用泡菜坛腌着。菜刀君跟着天天吃素，熬得浑身生锈。下乡栽烟，七天有五十块钱的伙食补贴。一天有人提议，我们去弄只鸡吧，没人表示反对。

现在一些农家乐说自己卖的是“走地鸡”，意思是那些鸡走过地或者会走地，都是逗城里人玩的。我们当年抓的才是真正的乡下土鸡，走地鸡，无时无刻不走地。我们准备动手的时候，几只公鸡正带着一群母鸡在沙堆上觅食。我猛扑过去，鸡噗噗噗到处乱窜。我转身一捞，一只鸡也没捞到，自己摔在沙堆上，手臂上划了几条血口子，还沾了一点鸡屎。什么叫手无缚鸡之力，终于领教了。不管怎么说，人定胜鸡，还是有只鸡被炖了，我们掐了一把花椒芽丢到汤里。大家就着苞谷酒，吃光了肉，啃完了骨头，喝干了汤。看着我们把油汪汪的汤倒进嘴里，下来检查督战的一位前辈直哆嗦。

再说摸狗。农村的柴狗虽然有些流氓气质，但基本上属于真正的自由主义者，乐观、阳光、健美，是我真正喜欢的动物之一。一次我们在村子里遇到两三条非常凶猛的狗，龇着牙做出要吃人的样子，同事吓得直往后退。我深吸一口烟，露出虎牙，喷出一股白烟。狗以为我要和它们拼命，吓了一跳，赶紧退了。还有一回，有家人的狗特别猛，据说是飞起来咬人那种。同事到屋里宣讲“皇粮国税少不得”，我在外面安抚那条躁动不安的狗，直到把手伸进它的嘴里。那条狗一定觉得它原来认识我，只是一时搞错了。似乎为了表达歉意，它用脑袋蹭了我一裤子灰。主人看到这个情况，开玩笑说他们家以后东西丢了就找我。

（八）电脑

一个同事跟我们讲了他读小学时的一件事。一天，有人买了台电视，晚上在学校的操场上调试。不管天线往哪个方向转，电视里的影子总是东倒西歪，“扯过去扯过来就像一块花布”。围观乡邻兴致盎然，半夜才渐渐散去。

后来看到一幅漫画：原始人晚上没事干，守着一堆篝火，看着火苗变幻无穷，一直坐到深夜；现代人则把面前的篝火换成电视，也坐到深夜。

一代人有一代人的潮流，电视、手机、电脑，大电视、智能手机、平板电脑……

区公所1996年买了一台电脑，内存好像是4M，硬盘大约400M。当初无人会用，有人听说我略知一二，客气地把我请到办公室。我装模作样敲了几个DOS命令后，讪讪而退。其实那就是台裸机，什么应用软件也没装。

从1998年下半年开始，这台电脑与我朝夕相伴，用途也不过是起草文件、打字、查英语单词。这年冬天，市委办公室在湖北民院办培训班，为期半个月。领导跟我讲：“这个机会很难得，人选确定很慎重，听说你想走，有没有这么回事啊？如果是，我们就派别人去了啊。”我说：“还是让我去吧，我不走了。”

这几年里我学了一些硬件知识，还钻研过BASIC、FoxBASE，甚至动过学C语言、FORTRAN的心思。有几次和中学的电脑老师聊起来，他说要学好这些东西，得学离散数学、汇编语言什么的。数学而又“离散”，听起来更像乱世情缘，可见那是一门不易掌握的学科，想想还是算了。

一台电脑，四张DOS安装盘，七张UCDOS安装盘，这就是全部的软件和硬件。系统崩溃了不要紧，一张一张重新装，个把小时就可以搞定。

那个配置，只能显示文本，看不了图片。不过也有一次例外。有天下午，我把电脑里的可执行文件一个一个找出来试，突然屏幕上跳出一张美女头像，嘴角有一粒小斑，瑕不掩瑜，清新可爱。那台电脑我用了三年，还是第一次在上面看到图片，很兴奋，连忙叫同事都过来看美女。一位大姐过来瞄了一眼，意味深长地丢下一句："该找媳妇儿了！"

程控电话开通后，电脑就可以上网了。通过一番设置、倒腾后，拨通 163 或 169，Modem 开始嘀、嘀、嘀、嘀，咔咔咔……当时不知道或者还没有什么搜索引擎、门户网站，我们也不记得看了些啥。一张图片都要卡半天，其实也看不了啥。在闭塞的小镇，通过一条线接通山外世界，让人好激动。

越来越多的人认为我是"搞电脑的"，我没感到不爽，觉得多掌握了一门生存技能，谋生很简单嘛，实在不行给人打字也可以混饭吃。

前两年过年回盛家坝看老同事，在粮管所门口的店铺小坐，老板很热心地问我："你在外面还是打电脑啊？一个月挣多少钱？"

陆续有些快毕业的女孩子到办公室实习，其实就是找个地方练打字。被人称为"师父"，我有种说不出的满足感。要是现在她们还这么叫，为师就叫她们"八戒"。

（九）电话

离我们家七八里的地方，原来有一间小学，叫红旗学校。学校旁边早年是个药材基地，据说"大跃进"前后住过很多人。小时候，大孩子去那附近打柴，我跟着去玩，堂哥指着一间小屋里的东西神秘地说，看到没有，那是电话。听说有些孩子设法把门弄开后进去打电话，电话通了，又不知道说啥，电话那头气得大骂。后来，再进去的孩子听到电话一接通，抢先骂一句“你妈个 ×”“你吃个 × ×”，丢下话筒就跑。二十世纪八十年代初有些地方比较乱，很多电线杆、电话线被人偷了卖了，这部电话也被偷了。

在战争片里，我们经常看到前线指挥官按住电话机呼呼一通摇，抓起话筒“喂——喂！给我接二团！”那个叫摇把子电话。1997 年以前，盛家坝用的电话还是摇把子。通电话不叫打叫摇。有急事吗？摇个电话吧！

摇电话其实就是发电，电流会使总机上的“门子”掉下来，总机值班的就会问你要哪里。你说要计生办，他就给你接通计生办，不需要号码。

电话方便，但没事别乱摇。那时候电话归邮电局管，值机的老武是一个暴躁的中年壮汉。要是你电话摇通了不跟他说清楚要找谁，怎么挨骂就要看老武的心情了。

有时候电话摇个百十来转都没人理，有时候又特别灵，只要半转就通了。一次我在做报表时无意中在摇把子上摁了一下，电话通了。老武问找谁，吓得我赶紧说麻烦帮我接下区公所办公室，然后和接电话的瞎扯了几句。还有一次，有人大出血，情况紧急，必须马上联系市计生委，电话一摇就通，为救人赢得了时间。

很快，小镇上通了程控电话，摇把子电话就立即被遗弃了。先是单位，后是家庭，装电话的越来越多。同在一个院子里，本来通信基本靠吼，现在没事也打个电话，就为了告知别人自己也装了电话，或者试一下电话是不是通的，或者看看电话里的声音是不是跟真的一样。

我也在宿舍装了部电话，尾号是452。我很少打出去，也几乎没接到过电话，每个月还得交几十块钱月租。有几个二杆子经常跑到我那里打长途，我恨死他们了，嘴上又不好说。

有些单位把电话按键用个盒子锁起来，使电话只能接不能打。这种盒子跟贞操裤一样，是一种邪恶的发明。电话锁起来也不是没有办法。拿起听筒，要拨1就敲一下叉簧，拨2就敲两下，我屡试不爽。

没多久手机信号也通了，只是很不稳定。后来盛家坝设了基站，再也看不到有人爬上高楼，登上山顶，摇头晃脑地“喂喂喂”了。开始用手机的人喜欢用个皮盒子将其装起来，挂在腰上。一些外地打工回家过年的后生，大冬天的也会把毛衣撩起来，露出他们腰上的装备。

2001年，朋友送我一部二手诺基亚3310，我给换了一个壳，银闪闪的。

农村老家没通电话时，我老做同一个梦：我家房后的高压电线其实是条光缆，从这条光缆上分出一条线，一直牵到屋里，屋的角落有部电话，但总打不出去。后来，我姐和哥家先后通了无线电话，我不再做电话梦，不过很少打回去。

前不久恩施同学问候北京同学：“有人看到一个男的半夜蹲在中戏女生宿舍围墙外面摇微信，那是你吗？”

斗转星移，电话又能摇了。

（十）饭局

好像是1999年秋天，乡里的组织委员和我到市委组织部建立党员信息库。一千七八百个党员，反反复复地统计、汇总，总是弄不对，也不知道是人不行还是电脑不行。

我们吃住在一间小宾馆里，每天吃饭时组织委员总叫上一个女孩子。那是另外一个乡的组织干事，瘦瘦的、怯生生的。组织委员私下里多次鼓动我："我看那个姑娘娃硬是要得，要不要我去跟她讲？"我说："使不得，要是你自己有那个意思，就去讲！"

有两天组织委员有事要回家，动身前又跟我讲：你要主动点哦，请人家吃个饭嘛，给你报销费用。

所谓吃人三餐还人一席。项目结束前一天下午，那个女孩子通知我，这几天你们这么客气，跟你们吃了好几天，也回请你们一餐吧。但是领导已经回家，只能我独自赴宴了。我说行啊，但等我先到宿舍里收拾一下，再下来叫你。

老实说，我有点不想去，但觉得不去不好。没梳头没抹脸也没打领带，我一个人在宿舍里磨蹭了好长时间才下楼叫她。还是原来吃饭的地方，吃的也还是平常那些菜。

按现在的想法，两个人吃饭，总该说点啥吧。比方说：年龄多大？家里几口人？父母多大年纪？在哪里上过学？上班有几年了？如果气氛好，再顺手拣来一两个"凤姐睁开眼"那种段子，哈哈一笑，饭局也就差不多了。我并不是个嘴笨的人，但那顿饭吃下来，两个人只说了四五句话，其中"喝酒不""吃饱没""回去吧"就占了三句。

吃完饭回来，我走在前，她走在后。我心里想，不能走太快，让人家落在后面太远不礼貌，但也不能走太慢，两个人靠太近让熟人见到不好意思。

好不容易走到小宾馆旁，对面走来一男一女，男的高高大大好像是盛家坝初中教电脑的胡老师，和我关系不错。好像遇到救星一样，我赶紧跟对方打招呼："哪时候下来的？"刚想跟着"呵呵"一下，才发现那并不是胡老师。对方白了我一眼，匆匆而过。我故作镇定地往地下看，看有没有缝可以钻进去。

地上有缝吗？有，太小！

还别说，到底是组工干部，组织委员眼神不错。那个女孩子从组织干事一路往上走，前几年已经当上了市里某局局长。从网上看，女局长脸光光的，眉毛细细的，已经出落得清爽干练，颇具女强人风范。

（十一）灾祸

1996年初夏的一天，雷雨交加。我正在赶报表，从派出所传来消息，一台中巴车翻下马鹿河旁的山崖。七个人死于那场车祸，我知道其中有一个初中女生、一个中年女人、一个清秀的小伙子。那个清秀的小伙子是车上卖票的，据说女朋友是市医院的护士。那个女人有两个小孩，她男人有肺结核，有一次下乡路过他们家，我给了小孩一点儿零钱。

两台车在拐弯处会车，雷雨太大，听不到也看不见对方，靠近山崖的那台车被撞了下去。据参加救援的同事讲，有个人不停地叫，说他背上有什么东西硌得难受，让帮忙弄出来。他们过去一看，是一块骨头从那个人背上伸了出来。区公所的小车师傅在事故现场帮忙抬人，后来几天吃不下饭。

这场车祸后的第三天，我坐了一辆“大屁股”的北京吉普到市计生委交报表。车上人少，师傅兴致高，决定把车交给徒弟试一把。徒弟开着车在直路上忽左忽右“画龙”，走完直路下坡时，车越来越快，眼看就要冲下坎。师傅一把抓过方向盘，车子原地掉头撞上左边的坎。师傅把车子扳上正路，继续走。

路乱，车破，司机驾驶技术差，所以事故多。盛家坝有台中巴车下坡时，司机看到车前面滚过一个轮胎，心想今天运气不错白捡个轮子，停车一看是自己车上的后轮掉了一个。区公所的“豪桑”（豪华桑塔纳）一次车失前轮，轮子滚下坎碰伤了小孩，赔了一百多块。前几年在中央电视台《焦点访谈》有期叫“危机四伏的中巴车”的节目里面，有台车方向盘打了两圈就掉了下来，说的就是恩施的事。

1997 年夏天，恩施洪灾。邻乡芭蕉一处滑坡埋了九个人。盛家坝接龙桥，梯田里到处是一米多宽的裂口，几口水井、粪坑漏得滴水不剩，堂屋的山墙不时掉下石子、泥巴，听说猫狗几天前就消失了。

一户姓兰的人家五间木房瞬间被卷入泥石流。老太太挣扎着要去取箱子里的钱，被孙子抱了出来。水牛想从栏里跳出来，被别断了脚，最后被水冲进堰塞湖，泡得胀鼓鼓的。

还有一家姓龙，房子被切掉一角，这家的男主人我小时候就认识。我三四岁时家附近有个水电站工程，有个叫“新华连队”的民工队在我们家住了两三年，这家的男主人当时叫“龙强娃”，在队里做饭。

这年深秋的一天晚上八九点钟，盛家坝另外一条小街大集场供销社失火。我们很快赶到现场，但帮不上什么忙。火场的中心位置是一大桶燃烧的猪油，几个人用一大盆水泼过去，火轰地一下窜起一两丈高。看到火上浇水也无用，人们放弃了灭火。男女老少帮着抢救财产，平时几个好打架的小伙子最卖力。大火把街对面的木房子烤得冒烟，有人不停地往房子上泼水降温。

一两个小时后，火势慢慢变弱，站在我旁边的是个二杆子司机，他悄悄提议："有点冷呢，我们再靠近一点吧！"他可真不怕挨打。

两年之后，同一个地方再次失火，柴油桶引发的火烧穿了平房房顶。农村"火烧屋基上不能再盖房子"的说法好像有些道理。

（十二）去乡

盛家坝平均海拔七八百米，四季分明。如果年轮可以转动，在广州最多能响两下，在盛家坝却能响四下。春天人们多愁善感，夏天被激流裹挟，秋天宁静安详，冬天混沌蒙昧。

每年元宵节会放一天假，我一般选择回家。放完假乘中巴车回单位上班，总会在那个大拐弯处，忽然发现山坡上已经开满了野樱桃花，草木新芽萌动，泥土、苔藓的气息扑面而来。一年正式开始，与往年没有不同。

如果让我挑一个季节和地方离开这个世界，我愿意选在开满野樱桃花的春天，在一个半阴半阳的幽静缓坡。那么，开桃花的地方不行吗？桃花不行，桃花会打败人的意志，撩动对尘世的眷恋，使人不能安眠。

可能是疯了吧，每看到一处美景，我都忍不住打量这是不是一个终结生命的好地方。

我很想有一个人能听我诉说这种缥缈的寂寥和恐慌，但谁会有这种心境？我可能是太闲散了。我应该忙起来，结婚、当爹，然后把娃带到野外，教他认识各种花花草草，教他说“马儿马儿快快跑”。

但是，岁月虽然静好，现世却难言安稳。

该娶老婆时没娶老婆的代价是，身边的朋友大部分已经结婚或者即将结婚，对一个大龄单身男士来说，那些已婚朋友的世界观已经发生巨变，短短两三年你和他们之间已经有了代沟，在他们眼里你会看到各种惋惜。世上有各式各样的“棍”，包括光棍，你最好一条都不是。

在小镇上这六年多，我对城市只剩下虚妄的向往，觉得那里才是人生彼岸，有这边所匮乏的财富和美女，只要你够勤奋、肯冒险。

2002 年元宵节后，野樱桃花照旧开满山间，而我已经决意离去。3 月 1 日，我登上了去广州的大巴。

我当年离开的原因听起来好像很多，其实最重要的只有一点：我想再读三年书，需要三万块钱，每年一万块。别笑我简单，当时就是这么想的。

我一直想盘点一下二十世纪末前后六年间的另类记忆。有些片段挤成一团，已经无法按年份打理。

1995 年 12 月底，到盛家坝区公所报到上班。办公室一位五十岁上下的长者，冲我呵呵一笑，一颗镶银的大牙熠熠生辉。三十多年的职业生涯，仿佛都浓缩在他那复杂的笑容里了。

1996年，很忙，好像没什么大事发生。

1997年，伟人离世，香港回归；在绿化水库抗洪，拼命扛沙袋；在石门坝看见土地开裂，房屋垮塌，灾民惊慌。整年绝望消沉，如果没有在这一年自绝于人民，以后就都不会了。

1998年，重新振作。全国抗洪。同事到平原考察，几乎被困。看《泰坦尼克号》盗版碟，男帅女胖。

1999年，闹“世界末日”。年底，戴梦得珠宝广告风靡大街小巷：1999，天长地久，留住二十世纪有情人心中最温柔的感动。

2000年，悉尼奥运会，三星Anycall广告鸵鸟版。读《第一次亲密接触》报纸连载。

2001年，“9·11”事件。生活在别处，得走。不走会怎样？每天喝个小酒，打个小牌？娶个村姑，生两个娃？当个小官，做个生意？现在，正张罗着盖栋三层小楼？

2002年3月2日，午夜，我出现在广州石溪村。

二高山

有种说法，把海拔800米至1200米的山区称为“二高山”。顾名思义，800米以下的是低山，1200米以上的是高山。按这个标准，盛家坝算是典型的“二高山”。

不过高山低山之分，往往也是人的感觉。比如说，盛家坝二台坪、车辽坝这些地方海拔1200多米，称为高山没有问题。安乐屯人称何家坪人为高山人，何家坪人也意见不大。但部分安乐屯人自称“低山人”，何家坪人很不以为意：“安乐屯有个吗子，不就是有几丘田撒？打个三朝挑点豆皮子！”

不错，安乐屯是有一坝好水田，让好多安乐屯人优越感十足。但这种好地方人户也住得密，好东西一平均，就不丰富了，所以才有了“挑豆皮子打三朝”的说法。

恩施农村嫁出去的姑娘生了娃，三天后娘家人要组织亲戚前去“打三朝”。女方亲戚又叫“后戚人家”，简称“后戚”。“后戚人家”组织的贺礼称为“挑子”，根据“后戚”的规模和实力，要准备几挑到几十挑不等。“挑子”并不重，两只箩篼装三四十斤稻谷，稻谷上面摆十个八个鸡蛋、两把面条、一套娃穿的花衣服，就算一挑。娃的嘎公嘎婆是这场活动的组织者——“正头主子”，还要准备几坛糯米甜酒，也挑着。“打三朝”的队伍浩浩荡荡，以老婆婆、大妇女、小媳妇为主，也有毛头小子、青头姑娘，毛头小子负责挑“挑子”，青头姑娘帮忙哄随行的细娃。“打三朝”是道贺，也是借此以壮声威，表明女方娘家有人，让男方不要轻视。

“打三朝”的“挑子”本来是虚张声势，形式大于内容，但是有些安乐屯人居然在挑子里放“豆皮子”，这就该让高山上的何家坪人瞧不起了。“豆皮子”是一种米浆烘干制成的半熟食，开水一煮就可以吃，算是恩施版的方便面，枝枝丫丫，一压必碎，一挑装不下几斤，正好拿来撑面子。

其实安乐屯并不算低山，只因为有那坝水田，出产好，使这里的人觉得“低人一等”，自然也有了低山人的心态和作派。

邻近盛家坝的芭蕉，才是真正的低山，离街近，离城近，芭蕉人觉得自己见过世面。虽说日子还过得去，无奈地少人多，低山人要处处节俭，精打细算。低山人家的娃，大都娇生惯养，特别是男娃，缺乏阳刚之气，吃不得亏，更莫说拼命读书干活了。

二台坪这些高山，地大物博，就是离街远了一些，赶个场天不亮就要出发，天黑了还没回屋，两头黑。学校也远，细娃们都没读几年书，或者十几岁了小学还没毕业，男娃们很早就学会说流话、吃叶子烟、赌狠，三句话不好跳出来直喊打。二十世纪八十年代初，一些人家早早给娃娶了媳妇。有个兄弟经常说，读五年级的时候同学陈富娃的媳妇经常到学校送菜，陈富娃十五六岁，他媳妇比他大两三岁，“几多大的个子”。

盛家坝大部分地方和安乐屯差不多，属于不高不低的“二高山”。二高山比低山宽裕，比高山讲究，二高山人集中了高山人的粗犷和低山人的精细。安乐屯人被何家坪人宣扬自称低山人，而且“挑豆皮子打三朝”，又受到同属二高山的桅杆堡、石门坝、枫香河这边的人取笑。

二高山人感觉进退自如，不像高山人那么自暴自弃，也不像低山人那么故步自封，在求学、做事、经商方面往往走得更远。

在恩施，说水往低处流是对的，但人不会往高处走。高山姑娘嫁到二高山和低山是天经地义，二高山姑娘嫁到低山也常见，很多高山的男娃也到二高山和低山做了上门女婿。高山上的人越来越少，二台坪 1980 年有一百二十几口人，现在只剩下七八十口了。低山姑娘嫁到高山不合常理，受人非议。如此一来，低山人越来越多，只有二高山彼消此长，人口基本维持平衡。

二高山的精神、物质和人口都是自足的，没吃亏，也不想占便宜。二高山人只想平和地过日子，规划一点小梦想，不敢设想大事，但二高山到底还是山。

段子

圣孔坪山高路陡，十多年前是盛家坝少数不通公路的村之一。

乡下干部到圣孔坪下乡非常艰苦，全部靠走，很早就要出发，天黑才能回来。

路途中有一段光秃秃的，没有超过两米高的树，高的都被雷劈了。每次走到这里，就有人叮嘱：“快走，莫在这里歇气，怕雷打！”山区很多自然灾害可以危及生命，但要尽量避免“遭雷打”，说起来不好听，只有忤逆不孝、浪费粮食那些人才会受到那样严厉的惩罚。再往前走要经过几块巨大的石头，石头缝里有条小路，听人说前两年摔下去过一匹马。

如果当天回不来，就要找个地方住。但是，住在哪家呢？那里环境倒是不错，高山顶上是一大片平整的水田，靠山崖下一股清泉滋养，沿着那一坝水田修了很多木房子。大部分木房子都很破败，紧挨着猪圈、牛圈，淌出黑色的粪汁。这还不是关键，关键在于这里是肺结核窝子，茶水都不能随便喝，渴得不行了宁可在外面喝凉水。

去这种地方下乡，要有点儿乐观主义精神，最好是有几个精彩的段子，不然越走越饿，越走脚越软。法庭的庭长见多识广，是优秀的段子手。

比方说，他会突然装出七老八十的样子，毕恭毕敬地对你说：“你尔家（您）吃杆纸烟！”一行人被逗得哈哈大笑，实在是学得太像了。不晓得恩施其他地方怎么讲，盛家坝不讲抽烟、吸烟，讲吃烟或者喝烟。烟不是一根一根的，是一杆一杆的，一包纸烟有二十杆。香烟多年前又叫纸烟，不过这种叫法早已过时，只有那些从不出门的老年人才说“吃杆纸烟”。有些人不吃纸烟，就掏出一个塑料口袋，客气地说：“你尔莫找哒，我吃这个。”“这个”是叶子烟，自己种的，不要钱。纸烟贵，又没得劲。不过好多人家都要预备一包纸烟，藏在什么地方，客人来了“装杆烟”是基本的礼数。如果你不吃烟，就说：“你尔家我不吃，没学会。”不能说“不要”，让主人觉得他的纸烟不好，你瞧不起。

庭长又说原来一个同事好有意思。那人是执行庭的，当过几年兵，有一件白背心，上面印有“中国人民解放军”“特务连”两行字，中间是个五角星。此君对这件象征光辉履历的背心极为珍惜，经常穿，走路走热了就把衣服敞开，把那几个红色的大字和五角星露出来。背心都要乱成“撒撒”了，他还穿，舍不得扔。什么叫乱成“撒撒”？先是穿洞，后来洞变大变长，终于巾巾吊吊，一般人无论如何也不好意思再穿出去了。

接下来的段子是关于内裤的。内裤在恩施又叫“摇裤”，也许是“窑裤”，但不如“摇裤”那么具有动感。在讲这个故事前，还要温习一个方言词——“失格”。凡是不小心做错了事，吃了亏，出了丑，都可以叫“失格”。比如第一次到老丈人家，喝酒喝多了，语无伦次，就叫“失格”。犯大错、吃大亏、出极品丑，比“失格”更严重，叫“失大格”。如果酒喝到大醉，开始和老丈人称兄道弟，老头子勃然大怒，通知你连夜滚蛋，他姑娘要另选他人，就叫“失大格”。

但是，庭长讲的是另外一种故事。

为了佐证司法实践的复杂性，他讲的故事是这样的：在一个偏远的山村，有个小伙子父母双亡，只身一人，快三十岁了还没娶上媳妇。有好心人给他介绍了一个姑娘。有一天，女方母女两个要来“看人家”，也就是来看看小伙子长得怎么样，言谈举止是否得体，住在什么地方。女方住得远，到得晚，当天晚上回不去，要住下来。左邻右舍都来围观，帮着张罗饭菜，小伙子家里难得地热闹了半天。晚上，小伙子安排母女先睡了，自己在火塘边一坐再坐。不是为了烤火，是家里只有一张床。只有一个人的家里，要两张床有什么用呢？小伙子坐到深夜，心想今天人来人往，家里需要收拾一下，就找把扫帚慢慢打扫。小伙子推门走进自己的卧室，看到母女两个已经睡熟。天气热，两人只盖了一层被单。他看到被单已从他准媳妇身上滑落，而且，她没穿“摇裤”。小伙子想，大姑娘家的这样“不雅相”，就轻脚轻手地想给她盖上。但是，他的手不知怎么碰到了她，姑娘大声尖叫，当娘的也吓醒了。这个事后来扯到法庭上去了，女方告小伙子非礼，小伙子坚决否认。法官看不是什么大事，就想调解。当娘的硬是不依，说：“那天晚上菊娃儿要不警醒点，怕是要失大格！”

有一点要解释一下，不穿“摇裤”确实与贫穷有关。对一些人来说，穿不起“摇裤”的日子不堪回首。几年前，粤北地区某落马官员悔罪时说小时候家里穷，直到高中毕业从来没穿过内裤。此人讲到这里还忍不住放声大哭。但是，不穿“摇裤”不仅仅是因为穷，也可能是一种风俗习惯。据我所知，三十年前的农村，有相当一部分人从来不穿那玩意儿。

匟碗碗

匟（kàng），这个客家话里的词语不晓得什么时候混进了恩施方言中，意思大概是用一件东西把另一件东西盖住，比方说锅子上匟了个锅盖，脑壳上匟了个帽子，用筛子匟雀儿……

在桌子上转动一个一块钱的硬币，在硬币倒下之前用碗哗的一声匟住，让你猜硬币倒下后朝上那一面的图案是“菊花”还是“1”，猜对了赢一千，猜错了输一千。这种赌钱方式，恩施人叫“匟碗碗”。

有一年回家过年，遇到一个亲戚，长得端正，嘴也会说。别人喊他打麻将，他说：“麻将不会，我只奈得何（会）‘匟碗碗’！”一圈人大笑，一是觉得他那样油光水滑的人居然不会打麻将太令人意外，二是好久没听到有人说“匟碗碗”了。

“匟碗碗”又叫“匟宝”，是一种原始而粗陋的赌博形式，在三十多年前还比较常见。我从来没匟过碗碗，但见到过几回，并不难学。最流行的玩法是这样的：由“开宝”的人在桌子上转动两个一样的铜钱，然后立即用一个大瓷碗把快速旋转的铜钱匟住，“押宝”

的开始猜单双，铜钱越转越慢、徐徐倒下后朝上那一面相同的为双，不同的为单。赌的是运气，也是听力。耳朵尖的人能根据铜钱倒下的声音分辨单双。在实在没有把握的时候下注，有人会大叫一声："要死卵朝天！开！"

"园碗碗"的铜钱有"硬钱"和"治钱"之分。"硬钱"就是随机找的铜钱，"治钱"就是"治"过的铜钱，打磨过，据说便于作弊。不过其中精要我也不甚了解。

小时候我转过铜钱，也用碗园过。父母见了，马上喊打。所以"园碗碗"的这套把戏始终没学会，只晓得一点皮毛。

我们周围有两位"园碗碗"的高手，老的是杨二舅，年轻的是平表叔。杨二舅是从利川迁移来的，听说原来赶过几年马车，多少沾染了些江湖气息，五六十岁了还热衷于"园碗碗"，甚至比年轻人还"饿"。平表叔长得很精瘦，耳朵有点背，偏偏在"听宝"方面功夫不浅，输少赢多。

听说有个外地来的高人，一路走一路园，赌运亨通。直到有一天"开宝"揭开碗的时候，两个旋转的铜钱竟然架着立住了。他觉得这一定是某种警示，是不祥之兆，便从此不再园宝。

红白喜事往往也是"园碗碗"的好机会，现成的桌椅，现成的灯光，现成的赌客。平常时候，哪家如果三更半夜了还人声嘈杂，十有八九就是在聚众"园碗碗"。

所谓赌场无父子，人上了赌场马上原形毕露。赢了的固然志得意满，输了的拼命地想刨回来，但往往"狗子刨坑，越刨越深"。有的人输红了眼，突然把桌子上别人押的钱一把抓起就跑，有本事的跑脱了，大部分时候是跑不脱的，也少不得要挨顿拳脚。

相比之下，“绍胡”要文明得多。“绍胡”是一种纸牌，有人用桐油浸过，字写得古拙可爱，打法与麻将类似，有“上大人，丘乙己，化三千,七十贤，尔小生，八九子，佳作美，可知礼”等八句话二十四个字，每个字四张牌共九十六张牌，“上大人，丘乙已，化三千”是“荤牌”，其余是“素牌”。“绍胡”经久不衰，现在仍然是恩施农村最主要的赌具。

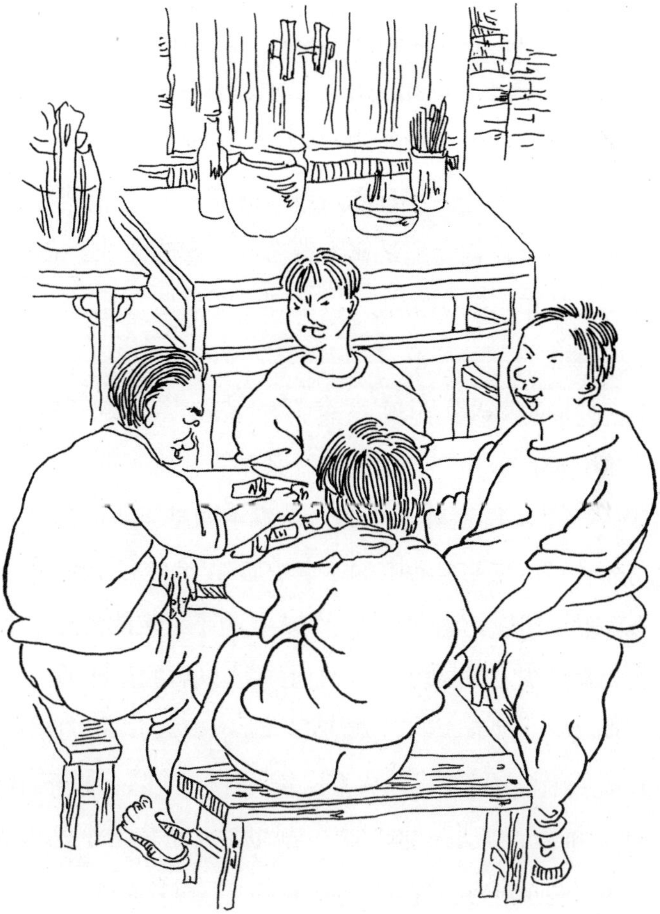

二十世纪八九十年代，农村许多老师曾沉溺于打“绍胡”，通宵奋战，无心教书。打“绍胡”要四个人，其实出牌的只有三个人，另有一人轮流数底牌，叫“数小胡”。盛家坝广为流传的笑话是，某老师打了一晚上“绍胡”，第二天匆匆忙忙赶去上课，发现黑板没擦，忍不住发飙：“数小胡的擦黑板！”

有一家人比较特别，只打棋子牌。一副象棋，三十二颗棋子，从小到大依次是兵（卒）、炮、车、马、相、仕、帅（将），以大吃小，以得子多者为胜。那家的情况特殊，是“筷子夹骨头——三条光棍”，父亲带着两个没结婚的儿子，刚刚够一桌棋子牌，因为坐庄的可以多拿两颗棋子。逢年过节，农闲的时候，父子三人就开打，经常为几角几块钱争得面红耳赤。当地很少有人打棋子牌，因其玩法太简单，瞧不上，认为那是属于智力低下者的游戏。老头子年轻时当过挑夫，常年上云阳挑盐，棋子牌可能是他在盐道上学会的一门技艺。

后来，赶场的马路边出现了一种“扑克宝”，一起三张牌，在玩家手里一番变换后放定，押宝的人要猜某张特定牌的位置。我堂哥是个聪明人，很快就识破了机关，连赢了两把。玩牌的“何大毛”客气地给他装了一杆带过滤嘴的“哨子烟”，请他去别处玩。玩“扑克宝”全凭眼疾手快，两个都懂行的人，也不一定能猜对一半。

什么“跑得快”“斗地主”，那是好多年以后的花样了。不管打什么牌，一靠运气，二靠实力。实力又分智力和体力，智力相当的人打牌，一般都是体力好的赢。有人专门夏天打球跑步，强身健体，好在冬天“劁”（qiāo）别人。“劁”者，割也，就是拿刀子割别人的肉。打牌的都想“劁”对方，身体好的更有胜算，身体差的活该挨“劁”。

“园碗碗”、打牌赌钱历来不为政府许可，公安人员不时要抓一回，临近年关就抓得更勤。抓到了没收赌资，罚款，办学习班。学习班里大部分是平头百姓，偶尔也有个把干部。有些二杆子在学习班里遇到了干部“同学”，极尽嘲讽挖苦之能事：“你尔（您）不是在当干部吗？哪天到这里来了嘛！”

赌个小钱，不算什么大罪，关几天，教训一番，就放回去了。赌棍们除了学习法令，主要是搞队列训练，一二一，左右左，向右转，向左转。有些上了年纪的不大分得清左右，屡教不会，教官就给他买双草鞋，让他换上一只，另一只脚仍然穿皮鞋。教官暂时不再喊“一二一，左右左”，而是喊“草鞋！皮鞋！草鞋！皮鞋！草鞋！皮鞋”。

家谱

家族最近几年遇到一点危机，我们下一辈的下一辈快出生了，取名时不知道是什么“派”。“育”字辈的上一辈是“发”字辈，下一辈是“进”字辈，下下一辈是什么字派，问题出现了。有个家里快添丁的晚辈跑来咨询，我哥捧出一本乱糟糟的谱书，几个人仔细辨认。那本谱书古色斑斓，皮纸线装，由一位粗通文墨的曾祖叔用小楷书写，“山之大盛，逢时克昌，发育进……”，“进”的下一个字看不清，像“祺”又像“绩”，问题就出在这里。但危机是怎么解决的，我后来没问。不急，我的孙子孙女至少还要二十年才会出生呢。

有人提议修谱，我不太热心。以前我听说修谱是宗法制度下的产物，觉得这是封建残余，心里有点阴影。此外，张罗这个事也不容易。修谱要靠精英发起、组织，积极分子一般是退休干部和中小学教师。这是家族的大事，原则上要听取家族全体成员的意见，就算他毫无见识，不受邻里敬重，甚至言行可鄙，也不能剥夺他参与的权利。可能还会有一两个平时不怎么参与公益项目的族人，偏偏在这件“大事”上一定要坚持自己的想法，以挣回在其他地方失去的平等。

族谱多攀附权贵，说起来大家都是贵族，比如姓杨的是隋炀帝的后人，姓刘的远祖是刘邦。姓钟的祖上名人不多，钟繇字写得不错，钟绍京做过宰相，这些人不拉进族谱实在可惜。不过，就算祖先真做过皇帝，那又怎样呢？看看如今这些不肖子孙，实在辱没先人。再说基因什么的怎么靠得住？完全可能在十几分钟之内断裂、转向。就算千百年来隔壁一直没住“老王”，高贵血统被稀释几十代后能剩下多少？

所谓“族亲”更是虚妄，亲兄弟动起手来可能比外人更加不客气。

我对修族谱没有兴趣，但觉得人口的迁徙问题非常值得探究。父辈跟我们说，我们姓钟的很多年前来自湖南常德，这一点族谱上的记载更为具体，是“常德府桃源县”。先祖在盛家坝的“起祖坟”在一个叫“窝阡”的地方，离我们老家只有十来里路。在他们踏上那片土地之前，姓向的家族已经在当地盘踞了许多年。后来者必须小心翼翼，对土著相当尊敬。

家谱记载，“育”是第十个字派，“育”字辈最年长的大哥在六十多年前出生，如果按三十年一代人计算，我们已经从湖南过来了三百六十年左右。也就是说，先祖们从桃源动身的时间大约在清朝顺治、康熙年间。

去广东后我数次路过湖南常德，看到那个地方沃野千里，阡陌纵横，物产丰富，觉得老祖先离开那里跑进恩施大山一定是下了很大的决心。迁居的原因，父辈的传说很简略，只说是“躲洪水”。确实，不管是三百多年前的落脚地“窝阡”，还是一百年前长期居住的“界上”，都是山势很高的地方。先祖们非常庆幸能找到这么安全的地方，觉得“洪水齐天恐怕也淹不到这里来了”，那是一种劫后余生的感觉。三四百年前湖南桃源的水患是不是非常厉害？有时间了我一定要查考一下《桃源县志》，并研究清朝前期湖南水灾的文献。

但从时间上看，离开湖南桃源的先祖们更像是“湖广填四川”大潮的追随者。那么，他们为何止步于恩施山区？是病痛困扰？是盘缠不济？还是误入迷途？小时候多次听母亲说起祖辈“上四川”的故事：使劲吃使劲喝，吃不完喝不了的带走，带不走的送人或扔掉，族人、亲戚以及关系比较近的几个姓氏举家“上四川”，再也不回来了，因为那边样样都有。后来，那些大吃大喝只顾眼前的人便会被人质疑："准备上四川啊？"

人口长途迁徙的原因非常复杂，除灾荒、战乱及拓展生存空间外，甚至可能是某个成员因为忤逆不孝、作恶多端而被赶出家族，任其自生自灭。当然，最后那种情况绝不会在族谱中有所反映。

我在百度上搜索我们的字派，"山之大盛，逢时克昌"八个字和湖南桃源那边完全吻合，后面的就对不上了。这说明，我们前几年遇到的那种危机在差不多一百年前就发生过了，那个时候一定有过一次修谱行动。我们家收藏的那本破旧的谱书，也许是那一版的一个抄本。执笔抄写的曾祖叔出生在一百二三十年前，极有可能作为家族里的文化人参与过那件大事。

这位曾祖叔的儿子我见过多次，九十多岁了精神还很健旺，有一次在路上遇到我，兴冲冲地叫我和他一起打一条蜿蜒而过的小青蛇。听说，他曾多次绘声绘色地描述与人幽会后慌忙泅水过河逃脱的情景。他说："我算到（估计）那回是要遭（倒霉）的！"雪月风花一甲子，心惊肉跳谈笑间。老爷子年轻时好歹也算个人物了，彪悍、混蛋，像湖南人的后裔。

网上搜索的结果表明，三百多年前祖先们动身的地方，在现在桃源县架桥镇的某个地方。前几年一座钟氏祠堂在那里落成，围绕着建这座祠堂的问题，当地的"宗亲"展开过热烈的讨论。批评也好，戏谑也好，那种情绪的表达方式让人十分熟悉。我很想找个时间到那里走一走看一看，仅仅是看看就走，而不打扰任何一位"宗亲"。我只想知道，几个世纪以前，先祖们在怎样的天地里劳作和生活。那里有山吗？有河吗？那时候的孩子不会像我一样十多岁才见到鱼吧？那时候又有过怎样的风雨阴晴、喜怒哀乐？

那本家谱还记载了一个更为古老的信息——“颍川堂上”（也有人写为“颖川堂上”）。这是姓氏的堂号，表明姓氏的发源地。“颍川”大致是今天河南禹州、长葛一带。长葛现在有条“钟繇大道”，至少证明那里曾经有过姓钟的。几年前还在报社时，有一次到长葛出长差的机会，但走不开，未能去看看那条大道，非常遗憾。

有人认为，在到桃源之前，老祖先们可能长期生活在江西，主要集中在赣州。赣州市赣县白鹭乡白鹭村，全村两千多人都姓钟，目前是赣南客家文化的旅游景点。我们小区有个孩子的外婆也姓钟，江西人，我儿子叫她“姑婆”。

老家桅杆堡大马路边那一片叫“江西坟”，闷热的夏夜常有荧绿的鬼火四处飘游，没人知道那里埋过些什么人。现在看来，一定有不少家族从江西溯江而上直接迁居恩施，“江西坟”里躺着的正是远道而来的江西人，疲惫的先民在那里陆续走向了他们生命的终点。

考古

（一）鱼化石

老家那个地方在远古时期很可能是海，至少也是湖，因为房前屋后随便砸开一块石头，就能看到鱼印子。那些鱼圆圆的，有两三寸长。当初我像发现了什么惊人的秘密一样奔走相告，姐他们淡定地告诉我，这没什么稀奇，在小学操场附近多的是，那里的鱼比我们家前后的更大，差不多有筷子那么长。

我继续敲开那些石头，看到了更多的鱼，还有指头人的贝壳。那些鱼有大有小，鱼头鱼翅看得清清楚楚，刚敲开石头时可以看到鱼脊部位还有一些褐色的粉末。看到我那么投入，母亲以为我想吃鱼，说她小时候住在大河边，吃过不少鱼，其实鱼一点都不好吃，净是刺。

后来才知道那就是鱼化石，曾想过把这些化石带到地质研究所找专家看看，让他们解释一下，这些鱼是什么品种，是哪个年代的，这些鱼活着的时候我们那里到底是海是湖还是一片乱泥塘，又什么时候变成了高山……

到佛山后在陶瓷行业待了几年，有种瓷质釉面砖被称为仿古砖，有些公司在砖上雕刻各种图案，弄得古色古香。我有一个好创意，但从来没跟人讲起。如果在每片砖上设法嵌入一块我们老家的化石鱼，那么这片砖的历史就可以追溯到亿万年前，其身价一定暴涨。这件事如果能办成，每片砖起码卖一千块，而且一个人最多只准买两片。除了装修外，化石鱼稍加装饰还可以作为情人节礼物，“海枯石烂”是怎么回事，一看就明白了。余下的事，就是找人到家乡挖那些石头了。但是，如果乡邻们知道那些石头那么值钱，不准我挖或者疯狂地挖又怎么办？想想真是麻烦。

不过，鱼化石属于古生物化石，虽然不如恐龙蛋那么珍贵，但当前的法律也不准随便买卖。当然，悄悄地卖可能更赚钱，好多赚大钱的生意不都是悄悄地进行的吗？

还有一些奇怪的石头，让我坚信老家那个地方原来一定不是高山。有个小山坡叫火烧山，不怎么长树，坡上到处都可以捡到指头大小的石子，一个个光滑圆润，跟河滩上的一样。有一年为了修复水渠，我们挖开一处土方，在泥巴里也看到了一些鸡蛋大小的圆石头，都是坚硬的砂岩，大家都很惊奇。

（二）白骨

老家流传过这样的故事，一些土匪强盗打家劫舍，住在山洞里，老百姓无可奈何。趁腊月三十晚上这帮人在洞里大吃大喝的时候，乡邻们迅速动手用石头把洞口封了，这些坏人就被憋死了。也有另一种说法：这些人都是义士，被官军追杀躲进洞里，最后被封在了里面。

1997 年秋天，我和同事下乡来到山崖下的一户刘姓人家，看到那户人家平房顶上的簸箕里晒了些东西。仔细一看，原来全是白色的人骨，大部分是脊骨，还有一些手骨脚骨。这些骨头已经酥脆，应该有很多年了，脚骨头里面有好厚一层玻璃一样的颗粒，亮晶晶的。这些白骨让我想起小时候在外婆家看到的他们从医院买来治刀伤的“龙骨”。我问刘大哥这些东西有什么用，他说听人讲可以做药，到底能治什么病，他也不知道。

这些骨头是在什么地方挖的呢？他说就在屋旁边的一个洞里。因为当地传说这个洞里封过强盗，他认为里面肯定有金银财宝，蹲在地上挖了好几天，挖出一米来高的几米深的一条通道，然后就看到骨头了，看样子人还是站着的。

手工挖掘很艰难，他放弃了，只捡了些骨头回家。他看起来一点也不怕，好像曾经历过一些更恐怖的事情一样。谁要是把这些白骨的来历弄清楚了，一定能写本好书。

蛇相务

有天下午，娘让我在屋前面的竹林里放牛。天刚下过雨，地上都是稀泥和树叶，一点意思也没有，我哼哼唧唧想找个借口把牛赶回家。我抬头一望，看见楠竹巅上的枝叶里有两条绿色的蛇，像搓绳子一样紧紧地缠在一起。我夸张地大声哭叫：“蛇！有蛇！”

竹林下面不远处一户人家有个二十多岁的长辈，我们叫表叔，平时对周围的小孩甚是怜爱。听我那么大声地喊有蛇，他连忙拖条大棍子跑上来帮忙打蛇。他问我蛇在哪里，我指了指说就在那里。他看了看，一声不响地走了。

我如愿以偿，当天不用再放牛了。随后几天，我们院子里的大人都在议论我那天的见闻。原来，我看到的是“蛇相务”。据说看到这种事很不吉利，可能会遇到病痛、灾祸等倒霉事，除非看到的人当场再叫一个人来看，把这种不祥转嫁出去。实在找不到人，牛、狗等牲口甚至树木也能达到一样的效果。

至于什么是“蛇相务”，大人们都闪烁其词。呵呵，这些事大人跟小娃怎么说得明白？如果我儿子现在问我同样的问题，我就说两条蛇相好；如果他再问相好是什么，我就说相好是，呃，就是哩咯啷哩咯啷。

巧的是，那个帮我打蛇的表叔果然不顺遂。先是他们家屋角的苦桃树上有天停了一窝蜜蜂，他兴致勃勃地搭着梯子爬上树，想把那些蜜蜂赶进蜂桶，无奈没掌握诀窍，被蜇了很多处，脸肿得好大，眼睛几天看不到东西。接下来没多久，他又惹上官司，吃了几年牢饭。

虽说事情另有因果，但终究有些蹊跷。多年以来，我都觉得是我害了他。

鬼神

我经常听到一些离奇的故事。比如，某人夜里迷了路，到过一些地方还遇到几个人，第二天跟人讲起，别人都说，他们从来不知道更没见过那些地方和人。那么，这个人可能撞到了鬼，鬼牵着他在黑夜里转了一大圈，幸好他没有贪恋昨天晚上在路上看到的财宝，这才捡了条命回来。

集体生产时跟着上坡干活的父母在外面玩，中间歇息时，我看到有个中年男的倒地就睡，不一会儿就鼾声大作。几个女的悄悄开玩笑说，怕哪里又要死人啊。听说这个人是“活无常”，睡得那么深沉，是因为他受阎王安排捉人去了。“活无常”是说一些命运多舛的悖时人，一天到晚总打不起精神。

不过，长这么大我亲身确认过的怪事只有一件。

我们屋后头有一户人家，有一年他们家屋角的椿树上住了一对老鸹子（乌鸦），没多久又生了一窝小老鸹子，整天聒噪不堪。按农村的说法，老鸹子一叫就要死人，也会家运不顺，那家人就决定把这窝老鸹子除掉。我哥是当地小有名气的木匠，那家人请他帮忙赶走老鸹子。我哥带了个小锤子，在椿树底下敲了几下。过了两天，那窝鸟老的先飞走了，小的没东西吃，全部从窝里爬出来掉到地上摔死了。我哥发誓这辈子不再做同样的事情。

农村的匠人要打开局面，就要会些类似于法术的东西，比如说“起安”。“起”就是使某物离开原来的位置，“安”就是使某物好好待在原处。赶走老鸹子，就是“起”，让主人家怀孕的女眷、牲口不流产，就是“安”。

小娃生了病或者长期萎靡不振，吃药打针各种手段使尽了不见好，做父母的急得没有办法，就会请一个人来“打整”。会“打整”的人一般在中年以上，精通人情世故。这个人来家里坐定，叫主人家取来一个鸡蛋，一边比画一边悄声地念念有词，然后把鸡蛋煮熟、剥壳，仔细查看蛋白蛋黄，得出结论：有伤、有鬼。有伤，就是某个死于非命的人魂魄不散，来找麻烦了。有鬼，可能是某个亡故的亲人嫌节庆间礼数不周。解决方案一般是朝某个方向烧点香纸，泼一碗水饭。

我们小时候被“打整”时，看到“医生”又画又念，总忍不住笑，大人就使劲地瞪我们一眼。想知道他们嘴里念的是什么吗？有一次，儿子脑袋撞在门上痛得大哭，岳母哄他：“来，别哭哒，我给你打整一哈。”一边拿手在他脑袋上画，一边念：“七不弄耸，八不弄耸，吓得猫娃儿钻灶孔。嘘——，不痛哒嘛！”

伯母有门绝活——取翳子。眼睛里长了翳子就像进了沙子一样不舒服。一番鼓捣后，伯母就能把“病源”说个究竟，比如说柱子上钉了个钉子、灶上放了把剪刀等。把钉子拔掉了，剪子拿开了，眼睛好像就没那么痛了。

伯父的强项是会算。有人被偷了东西且实在找不回来时就来找他算。不过他算的结果不太精确，只能描述失物目前的大致方位、高低，以及存废、死活。算的方法全在手上，“掐指一算”就是那个意思。小时候，我们觉得好玩，还向他学过，可惜一点也没记住。

被偷了的贵重东西找不回来，有些失主会采取严厉而又无奈的制裁措施——“钉”，就是用一种法术，让偷东西的人的脚或手像被铁钉刺穿那样难受，甚至残疾。其用意和效果与诅咒别人断子绝孙差不多。

有些小娃，如果不好好吃饭睡觉，日夜啼哭，渐渐消瘦，医生也请了，也“打整”了，仍然没有改观，那就可能是被“箍”了。“箍”就是用绳子一圈一圈紧紧缠住。小娃被“箍”，可能是大人得罪了会法术的小人。

到我外婆家去的大马路一处拐弯的地方有户人家，据说主人年轻时给航空勘察队做过饭。这个人长期待在家里，不干活，甚至不洗脸，看到有熟人经过，就探出头嘿嘿一笑。他的徒弟让人又恨又怕，一直没有成家。传说他从师父那里学会了一种法术，能瞬间让一个正常的人看到自己周围坐满无脸无下巴的鬼。

有人修木房子，扇架立起来又倒下，立起来又倒下。有人看到，一个会法术的仇家正躲在某个角落做仰卧起坐。其他的法术，还包括使人煮饭不熟、做的豆腐化成水等。

集乡间法术之大成者据说是《鲁班书》。这本书分上三本和下三本，上三本是一些修房造屋的技术和保护自己不受伤害的法术，下三本是一些整人的法术。用现在的话讲，上三本是正能量，下三本是负能量。下三本不能随便学，如果硬要学，就要做好“悖时”的准备，要么单身，要么绝后，要么残疾。

一些人确信法术是沟通人和鬼神的媒介。现在农村信“打整”小孩那套办法的人仍然不少，也有很多年轻人根本不信，那是因为他们还没有娃，父爱母爱在一定程度上能让一个个坚定的无神论者变成迷信分子。

办夜

老人病重倒了床，子女会天天请医生到家里诊治。药也吃了，针也打了，病总不见好，医生就说："请我师父来一趟吧，看换个手会不会好一点。"老医生当天下午就来了，看了看，但没有新的说法。不过就是感冒的症候，咳，喘，吃不下饭，需要调养，没有特效药。儿女们一边继续请医生，一边悄悄安排后事。棺材是现成的，老衣几年前已由出嫁的女儿置办妥当，"办夜"吃的粮食也不缺。老人这两年身体衰弱，猪圈里一直留着两头肥猪，不敢卖。唯一缺的是钱，但农村人哪个不缺钱呢？

改革开放十多年了，恩施大部分农村家庭也仅仅是解决了温饱，刚刚过去的运动、灾荒等种种苦难，好像还是在某个角落里徘徊、游荡的幽灵，并没有远去。一家人勤勤恳恳，怀着朴素的梦想，盼望着日子一天天好起来。老人家操劳了一辈子，终究没等到好日子，没想到这一天来得这么快。人老了，就像一盏即将干枯的油灯，真是人死如灯灭，才六十出头啊！像老人这种情况，要到城里的大医院，很可能还有救。可是老人家坚决不肯去，认为人终有一死，要用钱的地方还很多，就是大医院也治不好要死的人。想到这里，家中的长子不禁再次潸然泪下。

得知人这回“起不来”，亲人们纷纷前来看望，最先到的是两个嫁出去的女儿，接着是几个年老的姐妹，再是老伴儿娘家的兄弟和侄子。附近的人家也派了代表，有些是老人年轻时的朋友，虽然已经多年不怎么走动，但这个时候一定要来看一眼、送一程。对于老一辈年轻时曾有过怎样的交情，年轻人不太清楚，只晓得他们在一起搞过几十年的大集体。好多来的人都叫老人“二哥”，想必那份交情不浅。家里的柜子堆满了糖食糕饼，都是亲朋好友带来的。病人早已吃不下东西，但怎么好空着手来？有人说，哪里昨天才杀了猪，有新鲜的猪肝，问要不要给老人割一点来吃。还有人说，有新摘的梨，才成熟的。一些平时的稀罕之物，这时候都有办法弄到。

每天人来人往，十天半个月后，那一天终于到了。老人艰难地示意，旁边的人马上扶他坐起来，知道他有几句话要交代。老人气若游丝，但还是挣扎着要讲几句，声音几乎听不到。但大家都听明白了，那个意思就是祈望儿孙们都平安、发财。此外，老人还会嘱咐大家要克制个性，团结一致，才有希望。

讲完这些话，一位老兄弟大声说：“二哥啊，你放心吧！”然而，要走的人，放心不下的事还很多。大的刚成家，小的还在念高中，当家的任重道远。儿女们性格如何，做父亲的最清楚。这些年年老体衰，在家事上已经帮不上什么大忙，唯有不时规劝儿孙一番，做个精神领袖。一旦离去，阴阳两隔，如何保证一家大小不散盘，朝着既定的目标继续往前走？老两口说不上有很深的情分，却也磕磕绊绊几十年，留下的那一个余生又将如何？

老人走了，烧过“落气钱”，大家哭完了，一起商量后事如何料理，如何通知亲戚，哪天“办夜”，席面将采用什么标准……家中的长子强打精神去找帮忙的，一路神思恍惚，一再跟自己确认，老父亲已经过世，“办夜”的日子已经确定。办丧事请帮忙的要行跪礼。看到孝子在自己面前跪下，被请的人连忙一把将他扶起来。帮忙的并不难找，都是乡邻，毕竟每家都会有婚丧嫁娶。

“办夜”那天，帮忙的早早就到了。堂屋的屋檐下，挂起了整张白纸写的“当大事”。那几个繁体字庄严厚重，村里有几个德高望重的文墨人，写得一手好毛笔字，这是其中一位的手笔。院坝里拉起了大电灯泡，晚上要在那里开席。厨房里最忙，师傅们忙着洗菜、切菜、淘米、烧茶水。堂屋里的高板凳上，支着一口黑漆棺材。棺材前的八仙桌上，摆着一个长方形的“灵牌子”，写着老人的生辰八字。灵堂里烛光摇曳，香烟缭绕。

上午事还不太多，帮忙的三三两两地聚在一起聊天或打牌。傍晚时分，客人渐渐多起来。至亲们的“花锣鼓”一拨一拨地来，鞭炮噼噼啪啪地响，流水席一轮一轮地开。“花锣鼓”是五个人组成的小型乐队，小锣、大锣、鼓、钹、唢呐，演奏着激扬的音乐，但听起来却是那么令人悲伤。老人的女儿、姐妹及其他女眷，拿一根帕子捂住脸，扯长了声音，如泣如诉，一面追怀逝去的亲人，一面想起自己平生的种种苦楚。旁边的几个女人想劝慰，反而被引得大哭一场。“办夜”是由男人主导的活动，女人暂时回归弱者本色。孝子跪在棺材的右边，拄着一根一尺多长的棍子，连日的悲痛和辛劳使他已经有点脱了人形。

来宾劝孝子节哀，一面又回想起老人的生平，以及诚实、正直、勤劳等值得称道的品格和胸怀。老人的近亲属都披上了白色粗棉布孝帕，那是一种待遇。

堂屋的周围挂满了纸扎的“祭帐”，上面写着“跨鹤登仙”“音容宛在”等挽词。一长幅白布上有一篇很长的祭文，书法流丽，文辞考究，情感悲恸，只是不够真挚，衬托一下气氛亦无不可。

三十多年前，白喜上送的“人情”是一块钱、十斤苞谷、一升黄豆、一作豆腐，更早的可能是二十斤洋芋、一背篓南瓜。礼尚往来，大家只拿得出这些东西，都不会怪怨。二十多年前，一般的“朋友人情”则是三块五块。岳父的葬礼是女婿表现的机会，条件好的要上“猪羊祭”，送一猪一羊，猪是肥猪，羊要活羊。

白喜来的人多，陌生人不少，需要一位能干的“都管先生”，帮忙统领事务，招呼客人，以至暂时代为调遣钱粮。

九十点钟，在灵堂左后角摆一张小桌子，鼓点响起，丧歌开始了，单调而苍凉，开始是即兴创作，唱到刘备、关羽、张飞时才算渐入佳境。那已是午夜时分，老人、妇女、细娃已经被安排歇着了。年轻小伙子和半大孩子乐意熬夜陪孝子守灵，这么一个开眼界的机会，他们不困。“坐夜”嘛，就是要坐一夜。一部分人本来就没有地方睡，人太多了。一晚上闹哄哄，睡了的也没怎么睡着。丧歌不晓得是什么时候散场的，旁边屋里的牌局打了一通宵。

天刚麻麻亮，鞭炮声突然响起，一位有名望的长者大声宣布：“孝男，孝女，都到灵堂来啊！”然后开始点名。灵堂里重新挤满人。那几拨打“花锣鼓”的早早地就起床了，在什么地方弄点水抹了一把脸，有的脸都没洗，赶紧围过来听候安排。几个吹唢呐的抓紧时间调试他们的设备：“吁！吁！吁吁吁——”至亲依次来到灵前，哭声大作。

主持发丧仪式的“先生”一挥引路幡：“起——”时辰已到，风雨无阻，八个人吃力地抬起棺材跨门而出。抬棺的大部分是三十多岁的壮汉，有两三个二十多岁的年轻人，看起来倒也老成持重，靠得住。棺材摇摇晃晃地上路了，鞭炮乱响，鼓锣齐鸣，孝子端着“灵牌子”，一路人浩浩荡荡护送亡人上山。上坡下坎时，抬丧的脚肚子鼓起大包，在湿滑的地面踩出又长又深的脚印。抬丧是个要拼命的重活儿，弄不动两三百斤的不要尝试。还好，有一群年轻人跟着，随时准备接应补位，抬一肩。人人都是父母所生，这个时候不帮忙抬一杠子，自己老父老母百年归寿了难道自己背上山？

在一个确定的时间，棺材被放进已挖好的墓坑，这块墓地是根据老人及后辈的生辰八字仔细推敲后选定的。下葬后，先用泥巴盖住棺木，再用石头简单地砌一下。待到第三天“复山”时，再由至亲好友仔细添土、砌石。

随后，一行人回来吃早饭。白喜的席面往往比较粗糙，来不及精心筹备，客也多，招待好不容易。

“复山”之后，一家人慢慢缓过神来，一边收拾老人的遗物，一边筹划新的生活。而要完全适应老人已经逝去的状态，也许要十年、二十年。

几年前在南宁参观广西民族博物馆，看到有专门介绍“傩”的内容。我问同事“傩”怎么读，无人能答。

五十多年前，祖父和父亲除了种地外，还有一个职业，叫“敲道事”，就是到死了人的人家做法事，念经、跳舞（打绕棺），超度亡灵。有人认为，他们就是道士。而父亲始终认为“敲道事”是一种宗教仪式。小时候我问他那到底是什么教，他说是道教。近些年我意识到，那是一种带有宗教意味的戏班，混合了儒、释、道等多种思想。祖父、父亲恐怕一辈子都不晓得，那种戏，极有可能就是“傩戏”。

二十多年前一个冬天的深夜我路过邻乡芭蕉，路边有个小店透出昏黄的灯光，老两口守着店还没睡。我在那里买了点吃的，老人见我深夜路过，关切地问我是哪里人，我说是桅杆堡的。他们说去过桅杆堡，又问我姓吗子，我说姓钟。他们说：“你们年青一代我们认不到。”我问：“听说过“泽先生”没有，我是他孙子。”“哦，是‘敲道事’的泽先生吗？见过见过。”那两个老人七十多岁，比我父亲年龄大，可能真的见过我祖父。

祖父是“掌坛师”，是一个戏班的头领，执业时曾在桅杆堡及周边的芭蕉、宣恩一带做法事，为人相当强悍，在乡邻心目中比较有地位。他于二十世纪五十年代末过世，享年不足六十岁。饥荒年代死去的人，都被以最简单的仪式发送，埋在离屋最近的地方，羸弱的人们已经无力把棺木抬到更远的地方。一个一辈子都在安慰亡灵的“掌坛师”，何曾想到他的葬礼竟如此冷清？

父亲继承了祖父的职业，直到“敲道事”在1960年被取缔，原本他将在那一年的“过职”仪式上被授予“法名”，正式取得独立主持戏班的资格。那年他三十四岁。据说老屋的火坑里堆满了经书，烧了三天三夜才全部化成灰。我小时候见过一本遗漏的经书，比巴掌小一点，上面写满了蝇头小楷，绵密而工整。后来我又看到一个铁铸镂空的像扇子又像叉子的物件，长辈说那是“敲道事”的某种道具。母亲说，“敲道事”还有好多“脸壳子”（面具），“丑得要死，没得吗子有那么丑”。可惜我没见过。

我曾多次看到父亲在葬礼上担当发丧的“先生”，神情肃穆，法度端严，依稀可以看到多年职业生涯留下的痕迹。心情好的时候，父亲偶尔会轻轻哼起“敲道事”的唱腔。母亲听了，鄙夷地喝道：“牙齿痛哦！”父亲虽然“敲道事”有一二十年，但他并不迷信，甚至比一般的同龄人都要开明。

山花野果

（一）山花

乙未年正月初九上午，看到有人在家乡政府网站上传了新拍的野樱桃花照片，随手转到了微信同学群里。大家展开了一场讨论：野樱桃花与桃花、梅花有什么区别？野樱桃甜不甜，有没有卖的？野樱桃如何产业化？

盛家坝公路两边山上的野樱桃花一般在元宵节前后开放，在春节晚的年份就会早开几天。野樱桃花开的山坡，一半惊艳一半荒寒，持续十来天。其时高山上可能残雪未消，山脚不时飘起薄雾，年已过完，该备耕了，该出门打工了，该上班、上学了，老少几代人心头涌动着各自的喜悦和空虚。十多年前，我在野樱桃花绽放时流落广东。

稍后开花的野桃树不如野樱桃树多，但花更浓，更艳，更让人迷乱。不过，我还是觉得野樱桃花更好看。

映山红有白、红、紫三色，可以吃，味道酸甜。苦李子树不好看，花也不漂亮，一副愁苦模样。白花刺、红花刺属于野蔷薇，长在乱石堆里，玫瑰一样的花香引来狂蜂浪蝶。野百合喜欢“花开两朵，各表一枝”，果实长在地下，长辈们说吃了会长龅牙齿。油茶花与世无争，兀自开落；山茶花大红大紫，凌霜傲雪。

最让人怀念的，还是老家树林里最不起眼的“碎米花。“碎米花”叶片暗绿，贴着地面长在阴暗的角落，春节前后开出一串串米粒大的小花，白里透黄，香中带甜。“碎米花”提神醒脑，其奇异脱俗恐怕只有南方的白兰能比。通过在网上多方搜索，我才知道“碎米花”学名叫“柃木”，是茶树的近亲。

我印象深刻的山花就是这些了。花开一季，草木一春，人生一世，人在看花时会想起很多事，尤其在热血渐冷的中年。

（二）野果

野樱桃花好看，野樱桃却有些苦涩，并不是我们小时候钟爱的野果。有同学坚持认为野樱桃小、红、甜，他们说的可能不是同一个品种。

几年前，家里买了几个莲雾，我尝了一个，觉得味道一般。那种淡淡的甜味让人很熟悉，但一时又想不起是什么。纠结了差不多两个星期，我才想起来，那就是“茶泡”的味道。所谓“茶泡”，是由野茶树初生的叶片和果实病变、膨胀而来，绿色泛白，淡甜，略涩，吃多了会哽在喉咙里。

小时候没吃过葡萄，但在屋角山边的松柏树上见过野葡萄，紫黑色的，还有一层白灰，有好几串。我不顾一切地悄悄把那些葡萄全部弄了下来，衣服刮破了，手上腿上划了好几条血印。我又迫不及待地吃了几颗，又酸又涩，赶紧吐了。从此我没再对那些葡萄动过妄念，任由那几根野葡萄藤自生自灭。现在想起来，可能是那些葡萄还没熟吧。

板栗在秋天成熟后会从张开的刺球中掉到地上。小孩子们等不及了，就爬上树摇，爬不上去就扔石头或用长木棍打。如果早上、下午在树下细心巡视，也会有惊喜。捡到的板栗，有的随口咬开吃了，善于理财的孩子会存起来，积少成多大吃一顿或者卖掉。板栗扁而大，锥栗圆而小。小时候和父亲进大山打柴，发现一树成熟锥栗竟无人理会。父亲爬上树使劲摇，我在地下迅速捡。突然山外大喝一声“哪个在偷柴？！”吓得我们一个蹲在树上，一个蹲在地下，大气不敢出。

刺泡儿，现在网上叫“树莓”，有好多个品种。最好吃的是三月泡儿（覆盆子），香甜多汁。其次是薅秧泡儿（茅莓），酸甜糯滑。最差的是乌泡儿（灰白毛莓），甜而淡，初冬时才成熟，放牛娃找不到什么别的吃了才会勉强吃几颗。马桑泡儿甜，但吃不得，吃了要往嘴里灌大粪催吐，不然要死人。

地泡儿其实是一种野生草莓，一块一块地长在树林里中间向阳的草地上，白里透红，指头大，甜，主要是香，是大自然对放牛娃的恩赐。如果现在有人拿十颗又大又红的家草莓换我一颗野草莓，我可能要考虑半天呢！地上长的还有蛇泡儿（蛇莓），鲜红，大人叮嘱吃不得，据说那是一种药材。

猕猴桃喜欢长在沟里、坎上，摘回来要捂几天才熟。小孩子性急，每天都要去捏一下，挑一个最软最接近成熟的先吃掉，等真正熟了的时候树上已经所剩无几了。猕猴桃的近亲叫“马奶奶”（取其形似），小而长，无毛，味道与猕猴桃无甚差别。“牛奶奶”（羊奶果）和“马奶奶”并不是老姐妹，甜，主要是酸，看一眼都要流口水。

地枇杷长在田坎、土坎上，样子有点像无花果，香甜。如果地枇杷和无花果不可兼得，我舍无花果而取地枇杷。没见过农村用水果养土狗的吧？但人家自己会找，我们家一条白狗会翻地枇杷吃，讲起来一家人哈哈大笑。

八月瓜有好几种，绿的、灰的、紫的，要赶在将裂未裂时摘下来才最清甜。摘早了要捂熟了吃，味道差那么一点。摘晚了，鸟儿、蜂子、虫子就先下嘴了。

饭粑坨（五味子）一串串的，红色，样子有点像葡萄，味道酸甜而略带药味。刺梨乱蓬蓬地长在路边，果子酸甜脆，孩子们不大看得起。红果刺红彤彤一大片一大片的，即使饥饿的孩子也不屑光顾，但据说那曾是灾荒年代的粮食。

儿子听我讲“野果子”的故事，非常神往，硬要我到山上给他摘“野果子”。实在没有办法，我找到几串野芭蕉，告诉他这就是传说中的“野果子”，小家伙将信将疑。

如果在老家，我一定带他去找，因为我闭着眼睛都想得起来“野果子”在什么地方。茶泡儿在老屋东南面山包的西北角；八月瓜还是老屋北面的一条干沟里最多；饭粑坨要远一点，在“凉水塘”下面的水沟边……要是在三十年前，这些情报都是绝密级的，对最好的伙伴也要秘而不宣。

野果子好吃吗？有几种还可以，至少都是纯天然的吧。不管它们好不好吃，恐怕此生都难再见。

黑娃白娃

八岁那年冬天，跟堂哥到住在高山里的一个亲戚家吃酒。那家有好几个儿子，要嫁一个出去做上门女婿。天好冷，地面都结了冰，踩上去咔咔咔地响。

第二天早上还没起床，外面就闹哄哄的，堂屋里响动很大，开始是狗大声叫，然后声音慢慢变小。我们起床后，看到屋下面的苕窑边冒起一大股青烟，几个人点燃稻草正在烧一只狗。原来他们抓了一只野狗，狗肉将是那天早餐的一道菜。

狗肉什么味道，甚至吃没吃狗肉，我都忘记了。那是我唯一一次见到摆喜酒上狗肉的。俗话说“狗肉上不得大席”，当天的安排其实大为不妥。“猪来穷，狗来富”，野狗到屋是家运兴旺的征兆。那条狗见这家办喜事热闹，不过是来找点零食，何承想竟会送了性命。这个事有点不吉利。

果然，那个男的嫁过去做了两年上门女婿，家庭关系不甚和谐，一天带着老婆孩子回了娘家。

我们小区里的人分为两派，养狗派和反养狗派，我属于反养狗派。农村是一个广阔的天地，城市不是，城里的狗会吓着老人孩子，会扰人清梦，吃饱了没有合适的地方善后。看到有人把公园当狗的厕所，我就不那么讨厌吃狗肉的人了。

不养狗的人往往无法理解养狗的人对狗的深情厚谊，对他们来说，狗就是家庭成员，是儿子女儿，其地位甚至高于老公老婆。小时候，伯母家有条狗，怎么喂也喂不大，长得干焦焦的。长成这样就算了，它还挑食，只吃大米饭不吃苞谷饭，除了伯母谁都不喜欢。有一次，我踩到了那条狗的尾巴，它跳起来大叫，伯母马上跑出来对我怒目而视，一向慈祥的老太太突然变得有些可怕。

其实，除了黄牛，狗是我最喜欢的动物。我们院子里曾经养过黑、白两条狗，当这两条狗都老死的时候，我已经二十多岁了。

在我记事的时候，黑狗就在我们院子里了，由两家人养着，日子过得不错。

这条狗被我称为“黑娃”，是我童年的伙伴，我走到哪里它就跟到哪里。我吃饭它就盯着，期待我打翻饭碗。如果手里拿着什么吃的东西，一定要紧紧地护住，尤其不要在它面前炫耀，否则就别怪黑娃不客气了。

小时候，山里有毛狗（狐狸），经常偷偷跑到屋边窥视，看到鸡就扑过去。鸡吓得到处乱飞，毛狗就张着嘴在地下等着，运气好逮住一只就往山里飞跑。黑娃神勇，对付毛狗有一套。听到鸡乱叫，黑娃就狂吠，穷追不舍，吓得毛狗狗毛直飞。黑娃还会把吓得藏起来的鸡一路拦回家。那些年，母亲常说：“鸡没被毛狗拖走，全靠黑娃啦。”

黑娃并不乱咬人。一般来了生人，黑娃要叫几声，张开大嘴做出凶恶的样子。家人出来吼一声：“黑娃，悖时相，眼睛瞎哒啊！”黑娃赶紧退下，尾巴轻轻摇两下，以示抱歉和尴尬。客人坐下来后，黑娃要跑过去，仔细嗅一遍那个人的腿。客人吓得不行，我们在一旁安慰：“莫怕莫怕，不得咬不得咬。”

黑娃跟我们附近一个姓李的老头儿结了大仇。有一次它参加狗咬狗的战争受了重伤，眼都睁不开，躺在家里痛得直叫唤，饭也不吃。突然听到那个姓李的老头说话，它挣扎着扑过去，把那个老头吓得跳起来就跑。伯母说：“咬得好，哪个叫他打我狗子？”原来那个老头儿很久前下死手打过它，它被逼到吊脚楼上，挨了一棒后从楼上飞身跑了下去。

黑娃老来荒唐，秋行春令，不惜以老迈之躯与后辈在情场上拼死一搏，经常几天几夜不回家。伯母最后一次见到它，它正站在山坡上朝屋里张望。伯母唤它回家吃饭，它吃了几口，又匆忙上山征战，最后不知死到哪里去了。

此后两年，院子里没养狗，大家都不习惯。两年后，接班的来了，叫“白娃”。

人靠衣装，狗看毛色。农村有种说法，“头黄二黑，三花四白”，意思是黄狗最好，白狗最差，白娃是那窝小狗里被挑剩下的。白娃没什么出色的地方，长相普通，不怎么聪明，看家护院好像也不如黑娃尽责，生人来了叫两声，就做个样子而已，看起来一点都不紧张。

白娃也不是一点本事没有，它会抓野兔。也不知道是怎么回事，它就跟野兔过不去。呵呵，豺狼虎豹早已消失，就是没消失，也不是白娃的目标。

野兔子麻灰色，喜欢蹲在地里吃黄豆叶，被惊动了就拼命往上坡跑，不能跑下坡，兔子后腿长，跑下坡会栽跟头。

白娃追兔子与众不同，从来不大叫，追好远才轻轻地“吭”一声。有的时候半夜醒来还能听到后面很远的坡上传出断断续续的吭吭声，我们就知道它又在深夜独自捕猎了。白娃抓的兔子是自己吃了还是送朋友了，没人知道。

有天，白娃和同伴又在追兔子，我和侄子听到后，就每人拖根棒子前去助阵。追到一处坎边，“白娃”把兔子咬死了。等我们赶到时，兔子已经被坎上摘茶叶的女人捡到了。看到我们赶到，那个女人硬说兔子是她们家黄娃咬到的。我和侄子不服，就说：“你们家黄娃一直在坎上睡起的，明明是白娃咬的。你们要觉得兔子好吃就拿去吃吧，我们只是来看看好玩。”参战的几条狗都没吃成兔子肉，快快地转到旁边一条沟里。不一会儿沟里吵成一团糟，几条失意的狗在沟里狠狠地打了一架。

有年正月初一，从水井挑水回来的堂哥神秘地跟我说："快去看看，白娃咬了个兔子，就在码苞谷秆儿那里。"我跑到那里，看到薄雪上有点血迹，兔子就在苞谷秆下面，看样子有三四斤，身上还是热的。

我兴冲冲地提着兔子回家，却被母亲当头一瓢凉水："大初一的，这些死东西捡回来搞吗子，嗯？"七七八八说了一大堆。原来我们家家风甚严，不准从外面捡东西回家，特别是不能捡死东西。如果捡到镰刀之类的铁器，实在找不到失主，要用火烧过才能拿回家。

我想，大过年的，说这么多干吗呀？就赌气使劲一抡，把兔子扔到坎下的竹林里去了。我伯父循声赶来，连说可惜哒可惜哒，又把兔子捡回去了。这只兔子被他们剖了挂起来熏了。过了几天他们叫我过去喝酒，说兔子肉做好了。我说气都气死了，不去不去。伯父、堂哥和堂嫂他们那天都喝多了，都说兔子肉好吃得不得了。

除了抓兔子，白娃偶尔也干点偷东西的勾当。一次，屋坎上那家杀猎，它把半边猪脑壳拖到我们后面的茶园里了，被人察觉追赃。我哥开玩笑说，一定是人家杀猪没请它吃肉，它要自己去拿呢。

我长大了，白娃也老了，身上的毛就像一件旧皮衣，毛色不再光鲜，沾着一团一团褪下的毛。白娃耳朵也聋了，你唤它，它要偏着脑壳才能听明白。老夫聊发少年狂，白娃有时还去追兔子。看它那把年纪了还那么拼，有点心痛。

白娃大概也犯了和黑娃同样的错误，后来不知所终。

梦游恩施

真想有一天能回恩施随意走走看看。恩施土家族苗族自治州八个城，我只去过恩施、宣恩、咸丰、来凤、鹤峰，利川、建始、巴东没去过，能去更好，不能去也无所谓，因为我的目标不是看城，而是看山。

我的第一站是星斗山。星斗山现在是国家级自然保护区，在盛家坝街上就可以看到，以前到麻茶沟坝竹园下乡时已经快到山脚了，没去很可惜。小时候去外婆家，快到的时候就看到星斗山了，很高很远，山顶上有条很大的缺口。我和母亲一步一步地走，那座山好像也跟着慢慢移动，太阳从山顶的缺口缓缓落下。舅舅说，以那个缺口为界，星斗山一分为二，恩施、咸丰各一半。

到了星斗山，我先要到民国时期远近闻名的三县场看看，即使那个地方早已有名无实。三县场是个集市，位于恩施、利川、咸丰三县交界之地，民风彪悍，喝酒赌钱天天上演，杀人越货也不稀奇，畸形地繁荣了若干年。从外婆家到三县场要走七八十里，赶三县场艰险而刺激，只有那些不务正业的青皮后生和不顾家室的老杆子才肯去做那么没有意义的事情。无买无卖，跑那么远，弄不好还要吃一刀，何苦呢？外婆家附近有几个人结伴赶过三县场，居然全身而退，后来竟被人高看一眼。那是六七十年前的事了。

星斗山还是毛坝河和马鹿河的源头。毛坝河发源于利川毛坝，下游是咸丰的唐崖河，再下去是阿蓬江、乌江。马鹿河发源于恩施白果金龙坝的大鱼泉，在咸丰汇入唐崖河。与众不同的是，乌江及其源头毛坝河、马鹿河流向都是由东而西，号称“倒流三千八百里”。就是不为看那些草木，仅仅因为这两条离经叛道的河，星斗山也值得一去。

第二站是宣恩。多年前听人说起过“洗马油田”，那个地方在宣恩长潭河洗马坪，听说有石油和天然气，三四十年前就有人勘探，一定要去看个究竟。看完“洗马油田”，再去椿木营的七姊妹山。二十年前的夏天我到鹤峰找工作，路过宣恩椿木营。恩施低山的苞谷已经抽穗，椿木营的才尺把高；恩施已经很热，在椿木营却要穿两件衣服。除了山高路远，我当时并未留下特别的印象。直到几年前在电视里看到山民解救受困黑熊的故事，才知道七姊妹山就在椿木营。

第三站是利川，主要是到齐岳山探访清江源，顺便看看那里的草场、风力发电站和盘山公路。

第四站到巴东，有两座桥要看。读书的时候经过野三河大桥，特意跑到桥面上往下看，感到眩晕，而且尾椎部位一阵奇怪的酥麻。后来了解到，这其实是一种条件反射，人在潜意识里试图用早已脱落的尾巴钩住旁边的树、石头，不让自己掉下去，有专家称之为“人类的动物性遗产”，是从猴子那里继承来的。上班后，听一位前辈说他们经过野三河大桥时，站在桥上直接往河里撒了泡尿，并夸张地描述那泡尿落到河面之前已经变成了雾。野三河大桥的桥面离河面两三百米，已经很高，不过比沪蓉高速上的四渡河大桥还差得很远。四渡河大桥桥面高五百六十米，修桥的先导索是用火箭抛射到对岸的。在电视里看到那个场面时，我惊得目瞪口呆。如果能在四渡河大桥上停留，我会慢慢地往河里倒一大瓶矿泉水，模拟一下前辈们在野三河大桥上的豪举。

第五站，回盛家坝。先到车辽坝，看看那些宽广的山坡，有人认为那里可以养很多的牛羊。我没去过内蒙古、新疆，那就是我见过的草原。

车辽坝靠近宣恩晓关的地方，出好煤，乌黑的煤块闪闪发亮，盛家坝其他地方都没有。有一年，一群壮劳力在那里挖了个洞，像发现了宝藏一样蛮干。我们路过那里，提醒他们洞子挖深了要小心瓦斯中毒。果不其然，不到两个星期，几个人倒在洞里，差点丢了性命。

天上坪林场也在车辽坝。听舅舅他们讲，天上坪虽然地势很高，风水却不错，蒋介石的爷爷说不定就埋在那里。1958 年，恩施城里的一批知识分子曾到天上坪林场接受改造，其中包括鄂西高中一位姓刘的老教师。天上坪林场到底有多大，还有没有人看管，那些人吃什么、住在哪里、孩子在哪里上学，五六十年前的运动留下什么残垣断壁没有？都值得看看。

车辽坝山顶的某个地方有块湿地，湿地里长着一些灌木，烂泥中有很多小水塘，水塘里游着尺把长一条的鱼，看得到抓不到。老警察老 T 用手枪打过那些鱼，除了溅起一阵水花外一无所获。

二台坪也要去一下。那里海拔一千二百米左右，视野开阔，天气好的时候可以看很远很远，一道道的弯一道道的山，也不知道是些什么地方。1997 年在那里下乡时，我曾督促烟农栽烟，领导安排我住在一户冯姓人家。我只住了一晚，第二天起床后看到冯家的大女儿正在煮早饭，我无所事事，就到房前屋后转了一圈，觉得那么游手好闲实在不好意思。而且和冯家的大女儿也无话可说，让我很不自在，就借故不在冯家住了，宁愿每天走十多里回家。那个地方小地名叫“麦子河”，没见到麦子，倒是有一眼清泉汩汩而出，一条小溪蜿蜒而过，那就是河。二台坪的姑娘都嫁到低山了，小伙子们娶不到媳妇也下山了。尽管山清水秀，人还是越来越少。

富尔山在另外一个山头，和二台坪隔着一条山谷，是个大林场，空气清新怡人，人烟稀少，经常有豺狼、野猪出没。1996 年，我们在那里找到个未婚先孕的“对象”。姑娘长得端庄贵气，小伙子吓得跑了。后来我们看到了那个小伙子，枯瘦猥琐，一幅二杆子相，和姑娘不像一家人。

从富尔山下来，顺路到枫香河大坝，沿着水渠再走几步，有户人家好像姓张。十六七岁那年春天，我看到那户人家的屋角开了一大树雪白的樱桃花，在寒山瘦水间格外耀眼。

原以为山里出来的人对看山不会再有什么兴趣，我们小时候的梦想就是有一天走出大山。平原确实更加富庶繁华，然而也意味着妥协、停滞、单调。所以，还是要看山。

我这一趟朴素的旅行大约耗时半个月，行程不超过五百公里，也花不了几个钱。花费最大的可能是租车，我要租一台排量 3.0 的柴油版越野车，最好是手动挡。坡陡弯急的地方我就慢慢熬，平缓地带就使劲跑，轮子卷起鸡蛋大的石块。

但跑这一趟很不容易，我不知道十年甚至二十年之内能否成行。

跑这一趟后，什么遗憾、恩怨，统统放下，然后用心去找寻一处可以了却余生的地方。

如果没有更好的去处，就在恩施红庙某座小山上也不错。那里的半山腰上，有一处朝南的农家小院，租的，有点破败，有点颓废，但有什么要紧呢？

村小

（一）

张家田小学上下课敲的钟好像是一截废弃的车轴，空心的，用铁丝挂在檩子上，旁边放着一截六七寸长的铁棍，钟和铁棍都被敲得有些变形。那个钟钢材好，敲起来几里之外都听得到。上课是当——，当——，当当，当当，当当，当——；下课是当——，当——，当——，当——。盛家坝初中的钟是个车轱辘，恩施人叫钢钵，声音也还洪亮，样子就比张家田小学的钟差远了。好像是读初二的时候，学校里装了电铃，声音急促、仓皇。有天夜里，不晓得是哪个摸上楼敲响了钟，声音慌慌张张、毫无韵律，一听就是敲了就跑，肯定不是老师搞的。乡邻们先是惊诧，然后齐声谴责，大晚上的乱敲个吗子嘛，手爪爪痒！

张家田小学就在我们家门口，走路只要五分钟。幸福大队被枫香河分成东坡和西坡，西坡大部分和附近红旗、红岩大队小部分孩子在张家田小学读书，鼎盛时期有五六个老师一百多个学生。我小时候是个内向的孩子，虽然离学校那么近，在上学之前我却几乎从来不到学校玩，只喜欢站在山头看那些娃们拍篮球，球拍下去弹回来了才会听到声音，那个声音像是粘在手上一样。七岁那年，母亲带我去“发蒙”，我扭扭捏捏跟在她身后，一帮大孩子望着我笑，好像不怀好意。我被老师安排坐在一个姓吴的孩子旁边，那是我的表哥，他爸是大队干部。在上小学之前，我姐和堂哥他们已经上初中，已经教会我从 1 数到 100，以及写自己的名字。而且，我已经知道小队干部、大队干部、公社干部哪个更大，觉得小队干部和大队干部都没多大搞头，要当就要当公社干部。一语成谶，十五年后我果然当了公社干部，而且到此为止。

学校的老师非常敬业，大部分是民办老师，只有蔡老师和黄老师是公办老师，可以拿国家工资。民办教师在哪里拿工资没人知道。蔡老师挺个大肚子，听口音像城里人，教书水平一般，镇不住学生，有些学生背后叫他“菜包子”。我的启蒙老师焦老师比较有威信，学生都怕他。庹老师是流落乡野的大家闺秀，家族里有人当过贺龙手下的副师长，还有人跟着国民党到了台湾。庹老师长得高挑、白皙、清秀，是我们周边那一代女人心中的标杆。我母亲要在哪里看到一个相貌出众的女人，就会说：“那个女的长得有庹老师那么标致。”大李老师是个很精神的青年，喜欢编些之乎者也的话逗学生玩。小李老师当时高中才毕业，是个端庄秀丽的美女。刘老师也刚高中毕业，能写一笔好字。黄老师一个人住在学校里，没事了就写毛笔字，很少见他的家小。焦老师和庹老师是夫妻。大李老师和小李老师是兄妹，他们的父亲是干部，母亲大户人家出身，有些在乡村很罕见的小姐做派。焦老师教我一年级，庹老师教我二、三年级，大李老师教我四年级，小李老师教我五年级。

学校有五个年级但只有四间教室，有一个复式班。我们三、四年级就是复式班，老师上完三年级的课，叫他们做作业，再上四年级的课。聪明的孩子上完三年级，四年级的也会了。

早上有些娃娃很早就到了，聚在学校南边向阳、宽敞的那块空地上嬉戏打闹。快上课了，老师忙完家里的活儿匆匆忙忙赶到学校。看到老师来了，娃们马上紧张起来，站直身子，挤个笑脸，准备挨个问候老师。如果是焦老师来了，就叫“焦老师，焦老师，焦老师……”不敢不叫，大家都叫了，一个人不叫老师一定不喜欢。有些学生被老师批评了，怀恨在心，背地里提到老师就直接叫他们的名字。我发现有人把焦老师的名字刻在乒乓球台上，觉得很不妥当，但没敢做声。毛主席都可以叫名字，为什么老师不可以？

上学第一年懵懵懂懂，第一学期考试，我语文考了45分，数学考了55分，还高高兴兴地到处说我考了100分。老师和高年级的大孩子都笑我，我不知道有什么好笑，难道不是100分吗？一年级最厉害的好像是一个姓杨的胖胖的女同学，语文、数学都可以考90多分。不记得从什么开始，我经常得到老师的表扬。我的启蒙老师一直固执地认为我就是他教过的最好的学生，他老人家恐怕早已忘记了我第一学期语文、数学加起来只考了100分。

教师办公室有一个大纸箱子，里面大部分是《儿童时代》，还有其他的课外书。二、三年级我就把这箱子书连蒙带猜全部看完了。那些书里面有很多稀奇事，比如说可以把黄瓜秧嫁接到南瓜秧上，最后结出来一个古怪的瓜儿。我很想试一下，刚准备实施，母亲看我鬼鬼祟祟，瞪我一眼说：“你搞哈我南瓜秧试哈嘛！”书里又说有种蘑菇长得比伞还大，几个人可以在下面躲雨，我认为并不太夸张，我已经在家门口的竹林里见过脸盆大的蘑菇，那么比伞大的蘑菇在什么地方一定有，只是我还没找到。书里还描述了一种飞行器，绑在人身上，一按开关螺旋桨就呜呜地转，然后就飞起来了，想到哪里去就可以到哪里去。我好生神往，好想拥有一台。三十年后，那种神器已经问世，证明书里并没瞎说。我又看到，说两父子练功夫，先是老子一只手把儿子举起来，后来儿子练成了又一只手把老子举起来。前两年陪儿子看《父与子》，又看到这个画面，看得眼都潮了。

哥当兵带回来一个小收音机，我有时间了就细细琢磨。“小喇叭”那种奶声奶气我已经瞧不起，我爱听的是“星星火炬”，甚至尝试把里面讲的故事写出来。有年暑假跟母亲到舅舅家玩，有一天他们提议到盛家坝街上赶场，我也跟着去了。天刚下过雨，一路陡坡一路泥泞，我穿着塑料凉鞋，经历千辛万苦才走到盛家坝。后来，我把这趟新奇艰辛的旅程写成作文，得到了老师表扬，心里很得意。那是我第一次到盛家坝，觉得果然是大地方，比桅杆堡气派。

四年级开始学古诗。学古诗很麻烦，因为大李老师要求很严。比如，“空山不见人，但闻人语响。返景入深林，复照青苔上”，你不仅要会背诵，还要把“见”“闻”“返景”“复照”的解释背下来，这还不够，连这首诗一句一句的翻译也要背。如果哪天学古诗了，下午放学就要背这些，背出来了才准回家，每次我都能第一个走。不知道现在小学怎么教古诗，大李老师用的是私塾教“四书”“五经”那套办法。大李老师认为我是块读书的料，我自己也这么觉得。但没过多少年，我就证明了“小时了了，大未必佳”的说法。

直到上初中，一个堂哥还喜欢笑着问我：“又考起没得哦？”所谓“考起”就是“升级”，考不起就要留级。不像后来孩子留级还要有办法的人通过运作才能做到。如果哪个孩子读书实在不行，大人就说“连搞哒三个一年级，还是不行，不如回来看牛割草”！那时候农村孩子要尽量把小学读完，但没读完小学的也大有人在。我看到暑假的时候有些十六七岁的大姑娘小伙子又回学校读书，教的尽是些农具、农药、化肥之类的字，原来那是“扫盲班”。三十年前的标准，不读完小学就是文盲。有个大人教训儿辈：“不读书是什么东西？是流氓！”旁边的人大笑，纠正道：“是文盲，不是流氓！”“老流氓”听了默不作声。

小学毕业能读初中的娃是幸运的。我们开始念初中时，有盛家坝、桅杆堡、下云坝三所初中，盛家坝是重点，其他两所是普通初中。小学毕业后，我、一个男同学和女同学上了盛家坝初中，另外两个男同学上了桅杆堡初中，上初中的不到一半。在拿毕业证时，我的同桌，也就是我的表哥，重点、普通都上不了，坐在我旁边一声不吭，突然“哇”的一声大哭起来。同学们笑也不是，哭也不是，不晓得怎么安慰他。

表哥他们屋后头有一大坝梯田，以前我和他经常在那里放牛。那个暑假我差不多每天都在那里放牛，但整个夏天都没再见到他，心里空落落的。

（二）

“发蒙”后我一点都不想去上学，除了同桌，我没有其他朋友。那些陌生的大男娃们大声喧哗，中了邪一样疯进疯出，我觉得怕，怕他们撞到我、踩到我。有几个姑娘娃挤眉弄眼，嘁嘁喳喳，好像老在说别人坏话。

最不能容忍的是有人居然当众扒下我的裤子，让我与同学们坦诚相见。刚上学时穿的是缩筋裤，有人趁你不注意轻轻一拉就下来了，不管你是在集中精神跟人讲故事，还是一个人站着发呆。裤子一拉下来，看到的人马上哄堂大笑，脱掉你裤子那个人转身就跑，或者干脆就站在你身后露出邪恶的笑。在大庭广众之下见到别人不穿衣服一定是非常开心的事。(足球看台上的男女球迷们为什么会笑成那样？是进球了吗？不是，是球场上有人光着屁股飞跑，警察拖条棍子紧追。)遇到突袭，我会急忙夹紧双腿，两手护住要害部位，转过身提上裤子，尽量把损失降到最低程度，然后红着脸把脱裤子的狠狠地骂上几句。敢干这种缺德事的都不是等闲之辈，起码四年级以上，一个个身强体壮，想打也打不过。除了骂，只能保持警惕，谨防不测。母亲听到学校里风气那么恶劣，就把裤子的缩筋改成棉带子。但是，棉带子不容易解开，越急越解不开，加倍地不便当。

要不就把帽子给你揭了扔了，也可以让你狼狈不堪，气急败坏。我经常发现铅笔、卷笔刀之类的小东西不见了，而别人用的好像就是自己丢的那个，过去理论，人家说："黑毛猪娃儿家家有，哪个说是你的？"折了财，受一番奚落，说不定大人还要骂一顿，心里好无助。

总之，学校里一点都不好玩。一、二年级时我经常逃学，逃学的主要理由一般是肚子痛。装其他的病容易暴露，比如说感冒要咳嗽发烧，容易看出来，肚子痛病在肠胃里面，不切开看不到。如果症状在十点钟还不缓解，父母一般都会同意这一天不用去上学了。

逃学比神仙还快活，不用去上学不说，父母还会给予额外的关爱。有一次逃学，是和哥他们上山采石头，阳光格外明媚，空气格外清新，我帮他们拿尺子、锤子，和他们讨论各种问题，一路蹦蹦跳跳，我觉得这才是我想要的生活。有一天，家里请人帮工种苞谷，我又一次逃学，这次真的有点感冒，但没什么大问题。下午我推着自制的独轮车在山里钻进钻出，忽然看到老师从大路上走过来，吓得我赶紧躲进树林。

如果没有正当理由不去上学，那就是闹情绪，我们那里叫“躁”，又叫“犟性”。细娃有情绪，大人累死累活情绪更大，先是劝几句，劝说无效直接诉诸武力，拖根楠竹枝做的条子先比画几下，算是预警，如果还要闹，马上开打，“勿谓言之不预也”。挨竹条子叫“吃笋子”，我吃的大多是“干笋子”。母亲在火坑上的炕上放了两根饱满舒展的楠竹条子，被柴火熏得焦黄，那是专门伺候我的刑具，除了她家里谁都不许动。这种专制制度得到了父亲的默许，哥哥姐姐敢怒不敢言。最没面子的是被母亲用条子赶到学校去，哭几声挨一条子。这时候，好心的老师会急忙过来解围、接管，一番好言抚慰后，风波暂告平息。有个女同学一天早上在家里“躁”，不肯上学，她爹正在耕田，从水田里跳出来，就用赶牛的那根条子一路打一路骂地把她赶进教室。她都进教室了，她爹还不解气，又在教室的门上狠狠抽了一条子，吓得我们面面相觑。

公正地讲，除了脾气比较倔，我当年算是个好孩子。我小时候挨的打不仅比我哥和姐的总和还多，也远远超出院子里的平均水平，甚至可以说在我们那一块最多，这种状况使我一度怀疑自己还是不是个好人。刚开始挨打还有几分怕，挨多了就觉得勉强可以忍受了，有两个星期不挨打还像缺了点什么。我出生的时候母亲四十岁，我挨打频率最高的时候是三四年级。三十多年前那桩公案，似乎已经可以破解，如今就是想再挨一次打也办不到了。

（三）

学校里也不是一点儿好玩的东西都没有，比如说好久才有一次的“打电影”。我听堂哥说，以前学校里放电影，要找两个人到大队抬电影机子，两人当中一定有“杨老二”。“杨老二”我叫他二舅，是利川到我们这边安家的，家里原来是地主。到我们上小学的时候杨二舅已经不用抬电影机子了。放电影前，我们围着看师傅用一条绳子拉发电机，一下拉不叫，就把绳子缠住再拉。拉十几下还不叫，师傅有点泄气和恼怒，把绳子丢给旁边的人，说：“你力气大，你来搞两哈！”旁边那个壮汉接过绳子，缠住，使劲一拉，差点没把发电机拉翻。师傅说：“算哒算哒，还是我来搞！”不管怎么搞的，发电机总算拉叫了。操场上亮起了灯，放映机也架起来了，看电影的大人小孩已经等不及了。电影里的内容，有人说看明白了，有人又说不晓得哪个是好人哪个是坏人。成年后听到一个笑话，说农村放电影，有人看到一个女的正光着背洗澡，赶紧跑到银幕反面去看。我们那里从来没发生过那种丢人现眼的事，都知道反面也是一样的。

学校是一栋两层的大木房子，靠操场的一边有排柱子，柱子上面悬着一条枕子。有些孩子两只手扶着瓦下面的檩子在枕子上走，然后抱着柱子滑到地面，像猴子一样灵活。有些胆子更大的孩子逞能，不扶檩子直接在枕子上走，和体操走平衡木一样。有一天掉下来一个，丈把高下来摔得半死，那个娃从此再没那么神气。我也尝试过，因为恐高，动作一点都不潇洒，引起下面一阵哄笑，以后就再也不干了。

我们学校后面是枫香河发电站的水渠，我们叫堰沟，好大一沟水。上学的时候，大人们一再叮嘱，不准下堰沟，但有人偏不信邪，觉得下一次不要紧。娃下没下堰沟，大人只要用指甲在手上一刮就晓得了，如果有白印子就准备挨打。堰沟有三米多宽，那些身体好的，一步就飞过去了，然后转身挑衅还站在这边的："你们敢不敢啊？不敢吧？"这边有不服的，助跑一下，又飞过去了。有个把不自量力硬要挑战的，不是把脚刮得血肉模糊，就是掉到堰沟里弄得一身水。除了下堰沟，飞堰沟又成了大人们的禁令之一。

那个年代好像从来没看到谁带水到学校喝。渴了怎么办？走，到蒋家水井喝水去！一帮娃都去喝水。那口水井水位低，先要把手撑在水井边的石头上，把头伸到井里，使劲吸一口再抬起头，水才会到肚子里。遇到讨厌的，趁你喝水时把你头往水里一摁，或者把你屁股使劲往前一推，呛得你咳半天。喝多了水再走上坡，肚子里咣当咣当响。关系好的男孩子喝水一起，上厕所也要一起，甚至要比试一下谁尿得高、尿得远、尿得准。

冬天好多孩子会带火，大部分带的是火盆，有的带的是烘笼，灰里埋着燃烧的木炭。我同桌带的火盆最旺，烧的净是上好的白炭。往火盆的红灰里丢一把苞谷籽，再用两根小木棍轻轻搅动几下，有些苞谷籽会爆开，不爆开的则会喷出一缕白烟。这时候迅速把苞谷籽掏出来，吹吹拍拍丢进嘴里，那种焦香，完胜爆米花。一把不过瘾，就再来一把，直到一个个吃得嘴巴乌黑。有些孩子在火盆里埋几个土豆，那已经不是一般的零食，差不多是豪华午餐了。

放学时先要站队，值日老师训完话才准走。姓吴、姓郑、姓尹的基本朝南走，姓向的基本朝北走，姓钟、姓蒋的基本朝西走。有些孩子边走边玩，天黑才到家，大人追问就说学校补课。我们那一路有个女孩子，打猪草时镰刀碰上了高压线，把一只手的手指烧坏了。一天放学的路上，我们几个人一起聊天，不知说到什么不开心的事，她嚓的一声掰下一截干枯的手指，我吓得说不出话，她没事一样，笑得有点怪。

学校里玩的东西还有很多。“跳房子”是一种技术含量较高的游戏，参与的都是些女孩子，男孩子不屑一顾，我至今不明白那种游戏的规则，怎么过关升级，怎么分胜负。“打毽儿”也是女孩子的专利，男孩子玩起来很滑稽。“品子”是把几颗石子在手掌手背间反复抛起跌落，没有石子的话敲碎的瓦片也能将就，蹲着可以玩，但盘腿坐着显得更专业。这种股掌之间的游戏玩家以女孩子为主，参与的男孩子少，但基本都是高手。我手小而且笨，石子抛起来接不住。

男人的游戏是“接电”，一个人跑过去拍别人一下，这个人再跑去拍下一个人，如果追不上下一个人，就表明跑得不快，是无能的表现，会被同伴调戏。“剥剥枪”就是在灌木丛打仗，如果被对方发现“剥”一枪就得退出战斗，不准耍赖，好像有裁判。我经常因为早早地就被干掉，而会遭到对手嘲笑和团队抛弃。

茶杯粗的一截木头，稍加修整，就是陀螺，鞭子一抽，呼呼飞转。堂哥打陀螺是大师级的，啪的一鞭子，陀螺飞到两三丈外才落下。他不紧不慢地走过去，趁陀螺欲倒未倒时，抬手又是一鞭子，陀螺再次腾空而起。

我比较擅长的是“打板儿”。用硬纸折成一个三角形的“板儿”，往地下使劲一摔，以把对方的“板儿”掀翻为胜，如能钻到对方“板儿”下面则加倍得分，胜者可以赢走对方的“板儿”。我父亲多年前做过会计，账页子纸厚实、韧性好，是做“板儿”的好材料。

“高脚马”在恩施又叫竹马，是在两根四五尺长的竹竿上绑一个踩脚的地方，双手各执一根，可以脚不沾地离地而走，使人一米六变一米九，顿时感觉高人一等、目空一切。“郎骑竹马来，绕床弄青梅”，在恩施骑的一定是“高脚马”。母亲怕我摔掉牙齿，于是我精心制作的“高脚马”被她塞进灶孔化为了青烟和灰烬。

我天天想哪里翻车了好去捡个车轮的内胎做“橡皮枪”。平时在山里要多留意，看哪棵小树分了双杈，适合做“橡皮枪”的叉子。看好了要不动声色，过个一年半载，等那个叉子长好了，悄悄砍下来。橡皮也不好找，胶靴皮子根本不行，一拉就断，车轮的内胎当然最好但又求之不得。叉子、橡皮都有了，还差一块包石头子弹的皮，简称“包皮”。那个年月穿皮鞋的少，“包皮”也很不好找。好不容易三样凑齐了，做成一把“橡皮枪”，使劲一拉，正好打在鼻子上，拉反了。

砍根指头大的小竹筒，再找根筷子也能做成一把枪。塞一个湿纸团，用筷子顶上去，再塞一个再顶上去，前面那个纸团啪的一声飞出去了。通花树籽是最好的子弹，有条沟边长着好几树，别人都不知道，我每到季节就去采收，就像收庄稼一样。如果有太阳照进教室，竹筒枪子弹打到同学屁股上的一瞬间，可以看到腾起一阵灰。有一次，我瞄得好准，一只蜻蜓翅膀中间肉最厚那个地方被打得稀乱，连翅膀都没来得及扇动一下。我觉得那只倒霉的蜻蜓好可怜，就不怎么玩竹筒枪了。

拥有一台木轮子做的三轮车也很有面子，能把木轮子换成钢滚珠轮子的孩子，家里或多或少总有点什么背景。学校旁边有条坡道，坐着车唰唰唰到坡底了，把车扛上来再冲下去，周而复始，乐此不疲。一大帮孩子在旁边眼巴巴地望着，如果你跟车主有关系，也可以来两盘。我哥身为一个优秀的木匠，却不肯为我造辆车，让我很失望。

蜻蜓叫“阳丁丁”，有些人也叫“阳跟丁儿”。最常见的是普通“阳丁丁”，健壮而乌黑的叫“包包阳丁丁”，翅宽尾长花纹鲜艳的叫“蛇阳丁丁”，平时不容易见到，变天时才成群出现，飞得又高又快。有些孩子把“阳丁丁”烧了吃，扯掉脑壳、翅膀和尾巴，精华部分是筷子头大的那么一块暗红色瘦肉，好像很好吃，但我不敢尝试。

金龟子我们叫“绿娃虫”，板栗树上最多，把树皮一圈一圈地啃开吸里面的汁。“绿娃虫”有“绿绿娃虫”和“花绿娃虫”之分，“绿绿娃虫”纯绿而个头大，“花绿娃虫”背上有白点而个头小。“绿绿娃虫”被我们视为珍品。“绿娃虫”逮到了要用线把腿或脖子捆住，让它飞，嗡嗡声很好听。有些“绿娃虫”怎么也不肯飞，那就抓紧线使劲舞圈，如果舞了还不飞，它的价值就只剩下被解剖了。有些孩子把“绿娃虫”的脑壳拧下来，细细地看它的肠子长在什么地方。

恩施“催米虫”（知了）是这么叫的：嘻嘻嘻嘻呀嗞，嘻嘻嘻嘻呀嗞，嘻嘻嘻嘻呀嗞，嘻嘻嘻嘻戏呀嗦，戏呀嗦，戏呀嗦，嗦——（广东版叫法是这样的：细呀，细呀，细呀，细——一点都不精神。）“催米虫”喜欢停在苞谷秆子上，有人轻手轻脚靠近时，扑的一声飞上高高的树干，喷下尿一样的小水滴。这时候需要一张“波丝网”。“波丝网”是把一个篾圈绑在长竹竿上，然后在屋檐下、猪圈旁沾上蜘蛛网，多多益善。看到哪里有“催米虫”，悄悄伸过“波丝网”，当听到唧唧唧乱叫时，猎物就落网了。“催米虫”有个空空的大肚子，鸣叫时玻璃纸一样的肚皮跟着震颤。

春天里，有个同学给大家展示了一张纸，纸上沾着些密密麻麻的比油菜籽还小的东西，那是蚕蛋。胆子大的孩子撕了一小片纸带回家，在某个暖和的角落藏起来，直到黑色的小蚕一起蠕动。养蚕的桑叶要到田边地头仔细地找，野蚕桑树都长满了刺，弄不好会受伤。蚕一天天长大，最后慢慢变得透明。这时要准备一根干枯的油菜秆，蚕自己爬上去，脑壳左摆右摆。没过多久，茧就成了，有白、黄两色。不晓得又过了多久，蚕变成了蛾，破茧而出。蛾分公母，公的又小又瘦，母的又大又胖。

学校屋檐的瓦片下面有好多雀儿窝，麻雀一天叽叽喳喳。我好想捉只雀儿玩一哈。有人告诉我，用根小棍子支一个筛灰篮，下面撒把谷子，趁雀儿进去吃谷子时，只要把绑在棍子上的绳子一拉……我试过了，根本行不通。那种办法就跟在大街上挂个牌子找女朋友一样不靠谱。

（四）

有个同学吃过一种酱色的糖，一片一片的好像是塑料凉鞋的皮。他哥很会做生意，很早就开始“搞尖尖脑壳”，赚大钱后专门租车到北京转了一圈，带回来很多东西。那个同学掐了一小块给我，那个糖味道好怪，我想吐出来又不好意思。多年后，我才知道那个东西叫巧克力，当时叫朱古力。

五年级时从红岩那边转过来一个女同学，说话声音嗲嗲的。她爹在桅杆堡街上做生意，回家经过学校时经常带一两个粑粑给她吃。我们有点羡慕，但不肯说出来，而是模仿她爹的样子说又买了什么吃的喊她快点来拿。大家觉得都十一二岁了还那么娇惯，实在有点过分。

那还算是个公平的时代，大家生而平等，不讲吃不讲穿，但也并不和谐，男女矛盾比较常见。低年级的男生女生关系划得最清楚，如果男女同桌，大家就起哄说那个女生是男生的媳妇。大家一致鄙视那些讨好女生的男生。一直到五年级男生女生的关系才稍有缓和。

我的同桌比较早熟，很小就会和女同学开玩笑，不过有一天引燃了她们的怒火。学校只有一个坑厕，坑里满满的，大部分是雨水。看到有女同学如厕，同桌一时鬼魂附体，搬了块大石头使劲砸到坑里，吓得女同学们惊慌逃窜，又哭又骂，立刻告到老师那里去了。老师以史上最严厉的方式训斥了他，拧了他耳朵，让他写检讨，还说要告诉他当大队干部的爹。他当时就哭了，好几天都打不起精神。

那些喜欢给老师打小报告的、传播流言蜚语的同学被大家痛恨、孤立，强势的同学会找点什么小事借故打他们一顿，学校里不敢打就放学回家的路上再打。开打之前，要快步走过去撞他一下，也可以拿块石头砸在一泡稀牛屎上溅他一身，要不就把他裤子脱下来扔到树上。如果他敢表示不满，就再搞一下。如果他开始骂，就指他说："狗 × 的，你再诀哈试哈看？"如果对方不识时务继续骂，战斗马上开始。"诀的风吹过，打的哈哈着。"挑起事端的都是有备而来，胜败早有安排。

有些人成为被攻击的对象，只是因为嘴巴不饶人，或者长得不讨人喜欢，郑同学是前一种。他比我大两岁，长得又壮，本以为可以很轻松地搞赢我。同桌给我撑腰，说："那个娃有点讨嫌，搞就是！"我多次和郑同学交手，主要方式是用肩膀对撞，每次都是他先倒。有天晚上我做梦把板壁撞得轰的一声响，呵呵，又搞赢了。我和郑同学初中又是同学，不过成了朋友。

我和同桌之间也爆发过一场大战。那天我和我侄子一起放牛，他和他弟到田里捉黄鳝。不晓得怎么回事同桌抹了我侄子一脸稀泥巴，说他们两句他们还嘿嘿笑，使我勃然大怒。我们就在田边打了起来，先是两个人扭在一起，相互扳住腿，都想把对方放翻在地，已经记不清是谁先倒下了。我翻到他身上的时候，他弟就把我再翻下去，嘴里直说："狗 × 的，把你打死了掀到刺芭笼里去。"那场一斗二的战争我被打得一脸鼻血，但没吃太大亏。战斗持续到天黑还不见分晓，酣战中我听到父亲在凉水塘前面的山包上大声喊我。原来，我家那头黑牯牛看到暮色降临自己先回去了。这是我和同桌之间唯一一次冲突。他在我上班那年就结婚了，再过几年就抱孙子了。

小学几年我一直没被评为三好学生，因为有几个老师对我印象不太好。我不晓得是不是跟这些事有关系：有个老师要修个什么东西，要我回去跟我哥讲，要借他的刨子，我哥坚决不肯。还有个老师见我们屋前有一大树梨子，让我带几个给他吃。我没带，说那个梨子酸得不得了，我们自己都不吃，他又不相信。还是这个老师，有天早上让早到的同学帮着捡干柴，我同桌开玩笑说："我们交租子来啦！"同桌因为这句话马上挨整了，被逼着翻字典搞清楚什么叫"租"。老版本的新华字典对"租"的解释是农民给地主交的东西。老师大声说："难道我是地主吗？"我们背地里议论这个老师太不讲道理，一定被他听到了。我当过的最大的干部是少先队大队旗手，仅次于队长，有三条杠。队长是红岩小学那边转过来的一个男孩子，长得很端正，我们都觉得他配得上那样的荣誉。我们的老队长如今仍然不同凡响，在广州当老板，做大买卖。

张家田小学后来越办人越少，焦老师、庹老师先后离开学校，大、小李老师也调走了。高年级的学生到了桅杆堡小学，到我快上班时只剩下一个小伙子守着二三十个学生，心情相当苦闷。后来拆点并校，当当当当响了几十年的钟声有一天终于不再响起。附近一些父母每天来回两趟一共走三四十里，到桅杆堡小学接送他们的儿女。几年前，学校的老房子被卖给了私人，朝向由东西改为南北，操场的一部分被开成了菜地。

仔细盘算一下，张家田小学培养了不少人才，其中最有实力的一个据说能上清华，后来去了浙大，那是我见过的少数天资过人的孩子之一。但是大家没有能力阻止这所学校的衰落，唯有祈愿读书种子不致断绝。

洋人

刚上初中时，英语课上开始学些“你是学生，我是学生，我们都是学生”之类的句型。课文里的插图，汤姆、杰克他们都穿得挺漂亮，腿长，脸也长得好看。对很多孩子来说，这是第一次见到洋人，哪怕只是图片。我们的英语老师是个大帅哥，一米八的身高，经常穿一身浅灰色的西装，走在校园里高人一等，初中毕业后再没见过那么帅的英语老师。我一直觉得，虽说人不可貌相，但英语老师的长相应该好一点，条件稍逊的老师可以去教语文、数学。

英语老师是我们的班主任，孩子们学英语的热情都很高。有天早上，一个同学不停地 pen、pen、pen、pen 了好几十遍。查早自习的语文老师实在忍不住了，说：“pen 几遍就可以了嘛，pen 那么多遍有什么用呢？”

学英语有一点让人比较难受，课本里那些洋孩子动不动就“再喝一杯牛奶好吗？”“来一片面包好吗？”“吃一个鸡蛋好吗？”，说得我们都饿了，呵呵。鸡蛋不稀奇，但也不常吃。牛奶倒是见过，不敢吃，是从牛身上出来的。面包大部分农村娃都是第一次听说，觉得那一定是比鸡蛋更好的东西。

先不说这些了，我们马上就要看到真的外国人了，因为“联合国要来人了”。不记得是1986年还是1987年，世界粮食计划署的官员要到盛家坝搞调查。

听说区公所早就为此做好了准备，食堂里安排了很多美食，厕所被冲刷得干干净净并锁上了门，书记区长也得“另谋高就”。一会儿说下周来，一会又说明天就来，总没个确定的日子。在一个星期六，洋人终于来了。

那天下第四节课放假后，我们一帮学生娃拥到区公所门口看热闹，街上一些人早就挤在那里准备围观了。我们看还没什么动静，有人说下午才来，有人提议先走，有人说再坚持一下。学生娃们嘻嘻哈哈，纷纷猜想外国人都长什么样，“翻译官”有多厉害，是哪个大学毕业的，会几国外语。我很早就听我哥说了，他当兵时在少林寺见过许多外国人，随便一个女人也比中国的男人高。

突然人群一阵骚动，几台小车缓缓驶入区公所大门，我们伸长了脖子不肯错过每个瞬间。车门打开了，不过下来的是中国人。又一辆车门打开了，下来一个矮胖的白发老头，屁股比中国人的两个还大。站在旁边的“翻译官”把右手一摊，嘴里说的好像是“皮利子”，听起来发音并不标准，与杨老师教的不太一样。接着，走出一个高大壮硕的女人，脸红红的。

我们只看到这两个洋人，有人想走近看个仔细，却都被在门口把守的人拦住了。真洋人长得比我们在书上看到的差远了，简直可以说有点让人扫兴。我们几个一路讨论刚才的见闻。大约走了个把小时，我们看见那些小车原路返回，它们往恩施城里开去了，一路滚滚黄尘。

听说区公所准备的那些好吃的全部被他们自己吃了，厕所也重新开放了。后来，联合国的人多次到盛家坝，在农田水利建设方面做了很多项目。一位后来的同事描述说，那些外国人工作作风非常扎实，为了调查农户家里的经济状况，钻到人家床底下查看有没有藏粮食，让干部们又好笑又佩服。

混车上学

恩施红土那边有个经典段子：一个人求货车司机带一段路，司机不肯。求了几次都没用，那个人愤怒地说："哎，你是不是要我来硬的哦！"司机听说要来硬的，连忙拖起摇把说："你想哪门搞嘛？"那个人说："来硬的嘛就是走咯。"司机哭笑不得。

上初中时我和几个伙计经常扒车，准确地说是混车，混客车。那时候恩施到盛家坝的客车每天一班。胆大的孩子趁乱上车藏起来，不买票。被发现了也不要紧，半路被赶下来，骂几句，羞辱一番，没什么大不了，要钱没有，小命有一条。一次混车时一个干部模样的老家伙说我们"欺骗国家"，另一次有人说我们"不讲人格"。伙计们听到这些话又好气又好笑，说："× 的，人格是什么东西？多少钱一两？"

现在想起来，混车之所以能得逞，一定是因为司机怜悯一帮穷孩子带着"辎重"走三十多里路去上学，并非不知道有人逃票。我们最怀念车牌尾号 15 的车，开车的老司机听说是退休返聘的，只顾开车，从不管有没有人混车。

有胆子更大的孩子敢扒货车，我们不敢。有次，我和伙伴在公路上走，伙伴突然内急躲到路边解决问题去了，我坐在一块石头上等他。这时候，从桅杆堡下来一台装满化肥的大货车，从坡脚又上来一台小货车。两台车互不相让，在路最窄的地方剐上了。大货车刹不住，车厢板搓得噼里啪啦乱响。靠坎边的大货车终于挺不住，像放慢镜头一样侧翻在地，所幸被一块大石头顶住，才没有继续翻，车上的人和化肥慢慢滑落坎下。真是烧了高香，除了一个人脚上擦出血外，居然无人受伤。土匪一样的司机从驾驶室钻出来，一边骂一边说："可惜老子一杯好龙井茶！"

从货车上跳下来要跑得足够快，然后使劲推一把车厢才不至于摔个狗吃屎。这功夫难度高，不好学。

混客车也经历过一回危险，这辈子都忘不了。有个周六回家，我和另外两个小兄弟爬上了客车的货架，藏在油布里。过了一会儿，车停在坡顶上客。一个兄弟趁机钻进车厢，我和另一个兄弟坚守车顶。这时候，有人牵上来两个猪娃，威胁我们说："帮我看好哈，不然我下去跟司机讲。"我们听了很生气，但也没有办法。车走了一段后，我们把油布揭开，只觉得长风浩荡，爽。

车很快就过了马鹿河的桥，开始爬坡转弯。走到一处悬崖边时，对面来了台车，大概是交通稽查的，车上喇叭大声喊："对面的车停下接受检查！对面的车停下接受检查！"我两个吓得急忙从梯子上滑下来，藏进路边的乱树丛里。我嫌藏得不够深，就再往坎下滑，慌乱中跌下两米多高一道坎，停在那里不敢出声。回过神我才发现，自己卡在一堆乱石头里。太阳西斜，周围一边寂静。这时，我听到兄弟在上面大声喊我的名字，突然有种想哭的感觉。原来两台车都开走了，那个兄弟胆大，一直藏在路边，很快就钻出来了。

两个人有说有笑开始赶路，一边气愤地说，刚才我们逃下车时，为什么不把那两个猪娃捉下来掀到坎脚去？太可惜哒！

今天，在庆幸活这么大不容易时，也来怀想一下我那个兄弟，同时也要深切缅怀让我们照看猪娃那厮。

那个兄弟我们叫他“群娃”，从小没了娘，由爹和哥哥带大。我们离学校三十里，他更远，到我们家了还有三十里。我们每星期的菜钱大约一块钱，但他有时有五块，有时又一毛都没有。“群娃”生得唇红齿白，眉清目秀，一笔字写得流利，嘴巴也能言善辩。读初二时，“群娃”转到邻乡芭蕉读书。到如今我们三十多年没见了。几年前听一同混车的另外那个兄弟讲，“群娃”不读书后，一直胡乱过活，甚至把别人媳妇当自己的。

我后来弄清楚了，那个蓄着两撇小胡子并让我们照看猪娃的人其实是盛家坝医院的医生。不知为什么，他经常在街上摆个箱子卖药，想必不是什么良医。我也曾想什么时候趁着酒劲小小地报复一下他，不过一直没有实施。“秀才造反，十年不成”，说的就是我这号人。

糖果的诱惑

小时候到离家不远的一户人家玩，那家屋角上有树白花桃，结得密密麻麻，看样子刚刚成熟。我们家没种什么果树，我想站在树下看个明白。这时候，那家的男主人从屋后头转出来，狠狠地瞪了我一眼。我明白他比我更爱他的桃子，心里还是很不服气。其实，我真的就是看看而已。

不过，那时的我也不是不拿人家一针一线的好人。还没上小学时，我跟我娘上坡干活在别人家歇气，看到一个小木轮子很好玩，就顺手揣在兜里带回家了。我还把邻居家的一截绳子藏起来，害人家到处找。这么多年来，我从来没跟人讲过这些事。当时要是让娘知道了，我非被打死不可。

我哥当兵回来那年，带回来一点儿吃的。什么鱼皮花生、糖果，都是以前没有见过的东西。但是，他那些简单的行李里面有个白色的纱布包一直没打开，我很想知道里面是什么。我悄悄地双手捧着轻轻摇晃，只听到窸窸窣窣响；又用手捏，一条一条的。不用说，那包东西一定是糖果。我问我哥，他说："你莫管，那是给别人带的东西！”那么，到底是什么糖果呢？我成天琢磨，没人了就去摇、捏。有一天，在确认家里只有一个人后，我实在忍不住了，就从缝纱布袋的针脚里探进一个指头，原来里面还有层塑料袋。一不做二不休，我钻破塑料袋摸了一颗出来。那是花生糖，酥、脆、甜、香，味道远在本地的水果糖之上。

那个纱布包放在一个大木箱里，每隔几天没人的时候我就掏一颗出来，细细品尝。这个秘密好像没多久就被我姐发现了，但她既没有检举揭发，也没有成为同谋。

差不多半年后那个纱布包才带给“别人”——我哥战友的家属。我吃得很省，糖果还剩下大半包，如果不刻意检视，几乎看不出来。

我现在还偶尔做梦偷人家的李子，情景大致是这样的：几棵李子树长在一户人家旁的水沟边，天刚下过小雨，紫黑色的李子上有点白霜，叶子果子挂满了雨水。李子树不高，踮着脚刚刚够得着。兄弟们刚要动手，狗开始狂叫，大门吱呀一声响，主人出来了，梦也醒了。

不光是贼心，贼胆也有一点。上初中时，我和几个伙计去买李子、桃子时，让有钱的先给五块钱，趁卖东西的一毛两毛慢慢找钱时，我们迅速从背篓里把水果拿了装进自己包里。有一次，我背了一书包酸李子回家，在家人严加逼问下只得坦白，被臭骂了一通。

夜路走多了就会撞到鬼，偷东西有时也会出洋相。有一次，一个中年妇女在林业站门口卖桃子，我们几个故技重演，才拿了两三个就被发现了。我们不承认，那个女的指着一个伙计的衣兜说：“那是吗子？”一边伸手过去捏，那个伙计红着脸直往后退。事情是怎么收场的，我忘记了。

我还用同样的方法拿过卖菜的两根茄子。除了这些，好像再没偷过什么了。高中时，一个室友跟班主任反映说我拿了他二十块钱，我很愤怒。班主任跟我讲，我知道你不会拿他钱，跟你讲是因为那个同学有点不正常，不准你因为这个事找他麻烦。在武汉念书的时候蓄着长头发，没事喜欢逛火车站。我看到有人解开旅客坐着的蛇皮袋偷东西。看到我经过，那个人冲我神秘一笑，哪里知道我不为此道好多年？

一次和一起偷桃子的某个兄弟讲起往事，他硬说没那回事。“苟富贵，无相忘”，小时候偷桃子的事不认账也是不行的，人品要加倍地打折扣。

印刷术

有一年冬天，快期末考试了，我跑到老师办公室去，看到小焦老师趴在桌子上写着什么东西，笔尖沙沙直响。小焦老师是焦老师的大儿子，已经开始在其他学校教书了。看到我进去，小焦老师连忙把写的东西遮住。庹老师在一旁笑着说："刻卷子，快出去！"我不明白卷子为什么要"刻"，就去问我堂哥。堂哥说得不太明白：刻卷子需要一块钢板，一支铁笔，一张蜡纸，把蜡纸垫在钢板上，用铁笔在上面使劲写字，然后用油印机印在纸上。

我对这门技术非常感兴趣，很想试一下，但一无工具二无材料怎么试呢？我先找来一张纸，一截蜡烛，把蜡烛烧化了滴在纸上做成一小片蜡纸。然后，找了一枚断针算是铁笔，又在灶头摸点锅烟煤拌了少许猪油，油墨也有了。我在那片蜡纸上刻了几个字，然后把油墨抹在竹片上，往纸上使劲一摁，字就出来了。那几个字大概是我的名字吧，我觉得很有成就感。

五年级时有次全区统考，卷子上的字都是蓝色的，流利、工整、漂亮。家里有本字帖，我知道那种字叫“仿宋体”。我问小李老师，是谁刻的卷子，字写得太好了，她说那不是写的，是打字机打的。我不知道什么叫打字机，更加觉得神秘莫测。

上初中第一年，没几个人认真读书，大家热衷于钻山洞探险，下水洗澡摸鱼，上山采野果子，在学校后面野炊，到田间地头乱逛。有个同学从家里带来一把生锈的剃刀，顺手把田边的油菜颠全部割掉。学校后面有个直径几百米的坑，叫“大坑”。大坑的一边是绝壁，绝壁上有股清泉，还有个蓄水池，蓄水池满了，水就飞泻几百米直落坑底。坑的另一边有条被荒草淹没的小路，我们手脚并用爬到坑底，有人采到一种奇怪的草，有人发现接近坑底的地方有两个山洞。那种草叫“还阳草”，放干枯了用水一泡就复活了。（同学的一篇作文颇得好评，说我们学校一位老语文教师就是“还阳草”，历经磨难，挨了多少次整都挺过来了。）我和几个伙伴都进去过那两个山洞。一个是旱洞，里面有好多蝙蝠，我们没敢深入。另一个洞里不停地滴水，石笋白生生的漂亮极了。有些石笋太大弄不下来，有些石笋大小刚好，又长在一个小窟窿里，手指刚刚够得着，被我们用锤子全部扫断，得不到就毁掉。

说了太多玩的事情了，不过这些事和我着迷的印刷术有很大关系。因为贪玩，第一个学期的期末考试我们一筹莫展。老师经常说“临阵磨枪，不快也光”，但是我们连磨枪的时间也玩掉了。眼看要悲剧了，有人发现了一个秘密，学校油印室外面有好多刚丢掉的蜡纸。一个胆大的家伙趁没人看见，把那些蜡纸全部藏了起来。考试前两天，我们把那些蜡纸都带到拖拉机站楼上的一间房里，那是一个同学的住处。我们三四个人那天晚上就住在那里，把那些蜡纸一张张分开辨认，终于找到了我们想要的东西。我们把挑出来的蜡纸放在报纸上一踩，卷子就出来了。在订好攻守同盟后，我负责做英语卷子，记得有一道翻译题是把“他喜欢我”翻译成英语，又把“I like him”翻译成汉语。老师为什么要出这种疑似诱导早恋的题目？搞不懂。语文卷子另外一个人做，说不好做，难。数学卷子更是不好做，知道题目照样不会。不管怎么说，总比不知道题目强，英语几个人都考了八十分以上，语文、数学什么情况我忘记了。这个事后来被老师觉察了，声称要严肃追究，但因查无实据最后不了了之。

初中毕业了，我们还要上两个星期的劳技课，好多同学都不能升学，需要掌握一些基本的技能。我们学的是养鸡，这门课由教数学的焦老师讲授。培训要油印教材，老师把这个任务交给了我。原来蜡纸是一种有韧性的薄纸，上面印有小方格；钢板上有纹路，字写得不怎么好的人也能写得横平竖直。能够参与这么有趣的工作，我加倍认真，保质保量完成了任务。刻了些什么？现在只记得鸡有“沙浴性”，就是说它们会在泥沙里刨个坑躺着洗澡，赶走微生物，治疗皮肤病。

鄂西高中的菜票有个严重的漏洞，就是两分钱和一块钱面值的颜色、大小差不多。有段时间，一个家境一般的小子天天抽好烟。原来，他在干这么一件勾当：把两分钱和一块钱菜票上的膜揭下来，把两分钱菜票上的字刮干净，再把一块钱菜票上的膜粘到两分钱菜票上去。因为膜上有字，两分钱变成了一块钱，一块钱还是一块钱。做一块钱菜票的成本只有两分钱，难怪那小子能抽好烟。这个秘密没多久就传开了，好多男生多多少少都做过菜票。我做得不多，因为学校知道了，扬言如果再发现必将严惩不贷。

用假菜票占食堂的便宜，我们并没怎么觉得愧疚，因为鄂西高中食堂那几年伙食质量一直不好，矛盾很突出，甚至发生过几次罢吃风波。再说了，师傅你打菜那个瓢瓢抖个吗子，本来就没几小片肉，都抖回盆里啦！如果手抖是一种病，为什么姑娘娃一来又好了呢？！

刑法中有个罪名叫“变造货币罪”，用真菜票做假菜票，相当于“变造”。而画月票是无中生有，属于“伪造”，需要更高明的手段。

二十年前武汉的公交车月票很简单，票面上第一行小字是“武汉市某某公交车公司”，第二行是两个大字“月票”，左边要贴张登记照，照片上歪歪斜斜盖个扁扁的蓝色小章。画月票最好是会写印刷体，找几支彩笔，拿个真月票照着细细地描。字描完后贴上照片，照片上再勾几笔，章的效果也出来了，模模糊糊的。我画月票自己用，也帮同学画过。有个长得像奸商的同学画得比我好，帮人家画好像还要收钱。

坐公交车时，遇到卖票的，你只要把月票拿出来晃一下就可以了。晃这一下大有讲究，要漫不经心，不紧不慢，用假月票的人心里慌，晃得太快，遇到眼尖的售票员很容易露馅，我就失过一次手。那天回学校，我把月票一晃就揣进口袋了，那个卖票的女人说：“把月票看哈子来。”我不给看，她说用假月票要罚款。我问多少，她说十块。我说太多了没有，她说五块，我说还是没有。她说三块，成交。这趟车本来也要一块五呢。

做菜票、画月票这段经历对我现在还有一定影响，比如要找一个平面设计师，没有手绘功底的，我根本看不上。办公室那台彩色复印机性能好，儿子两岁的时候自己把出生证撕碎了，我拼上去印出来，跟真的几乎一模一样。这样的装备，有点考验人啊。

运动会

周六本来想睡个懒觉，不料六点多钟，就听到吉利涌对面不断响起“啪啪”“咳咳咳”“喂——喂——喂——喂——”的声音，原来有人在调试麦克风。不一会儿，人声大作：“请参加跳高的运动员，马上到检录处检录！请参加跳高的运动员，马上到检录处检录！”原来，南庄三中秋季运动会又开始了。接下来，比赛如火如荼，跳高、跳远、短跑、接力，项目一个接一个，欢呼声一浪高过一浪，广播稿一件比一件激情四溢……

中学生大都很辛苦，恐怕只有开运动会时，才可以轻松几天。一帮平平常常的学生娃，一到运动会，统统被称为“运动员”，想起来就令人精神为之一振。哪怕你面色苍白、胸无肌肉、腿不强健、双手之力不能缚鸡，自卑甚至有些猥琐，都不要紧，你就是“运动员”。平时哪有这么提振信心、平添阳光的机会？

更励志的是，“广播稿”必不可少，每个人要写多少篇，在运动会开始前早有安排。每次开运动会，操场里的大喇叭除了传达指令、维持秩序外，主要任务就是不停地播“广播稿”：“高二（3）班的健儿们，希望就在你们前面，我们为你骄傲！”“高一（10）班的千里马同学，为了梦想，为了荣誉，冲啊！”……每个人不仅是运动员，还是一位多才而且亢奋的诗人，不停地出产文采斐然、诗意盎然的“广播稿”。

遥想钟同学当年，年方十二，正念初一，平生首次参加运动会，跑400米。刚跑了不到50米，被人碰倒。不过，裁判格外开恩，判钟同学可以下一组重跑一次。钟同学拼了小命使劲地跑，一不小心跑了个本年龄组的第一！而且，跌倒、爬起、重跑、第一——多有“新闻点”啊！于是，钟同学被“广播稿”狠狠地表扬了一番。比跑第一更让人激动，又有些让人羞涩的是，那个念广播稿的漂亮女生，是钟同学暗暗仰慕已久的人。

我不知道“广播稿”是不是国粹。除了运动会，但凡比较大的场合，都可能会有“广播稿”。重现二十世纪五十年代油田、铁路建设等大会战场景的电视剧，工地上总有好多大喇叭，不停地播出各种“喜报”“表扬稿”，播音的女青年一般都比较有文化，且漂亮、热情，往往是众多男青年争相追逐的目标。

CCTV“春晚”直播，总要不时插播“驻南沙官兵”“驻肯尼亚使馆”发来的贺电。我也不知道“广播稿”会不会走向世界，甚至不知道国外的中学开不开运动会，如果他们也开运动会，会不会也有这样的“广播稿”：“John Go！ Go！ Go——！”“Jack，Add oil！ Add oil——！”

我知道的是，即使没有“广播稿”，赛场同样不会寂寞。南非世界杯好像没有“广播稿”，但有吵死人的“呜呜祖拉”。

结扎

刚上初中那年，有天下午我和几个同伴去上学，在桅杆堡街上等车。所谓等车，不过是想混个车把我们带到三十里外的学校。如果混不到，几个人就开始暴走，一路笑骂，骂所有经过的车都开到沟里。

当天桅杆堡不逢场，天下着小雨，有点冷，几个十二三岁的孩子站在供销社的屋檐下不停地向北张望，北面是恩施城，南面是盛家坝初中。

突然，北面伊里哇啦一阵闹，真的来了一辆车，车上有两个大喇叭。车在供销社门口停下，我们围过去，一是想看看是怎么回事，二是想看看能不能混个便车。那台车是搞计划生育的，车厢里已经坐了好几个“对象”，看样子四五十岁。车厢里有台发电机，汽油烟呛得人直咳嗽。车在街上停了很久，不断地有“对象”上来。又不断赶来几个颤颤巍巍的老婆婆，拄着竹棍，把手里提着的几个鸡蛋递给“对象”，又摸摸索索掏出几张钱塞给“对象”，一边叮嘱一边抹泪，生离死别一般。

我们弄明白了，这些“对象”是那些老婆婆的女儿，此番要去盛家坝“落实措施”，也就是结扎。那天我们很幸运，终于混上了那台充满忧伤情绪和汽油烟的车，到了盛家坝。

计划生育作为一场“运动”，早几年就开始了，我们当时看到的只是一点余波。据说，二十世纪八十年代初医院和学校教室都住满了人。有人晚上睡觉没有枕头，看到柱子上挂着一个红色圆桶，正好取下来盖上衣服当枕头。红色圆桶被横着放平后，从前面喷出一股泡沫。那个人慌了，赶紧用大拇指摁住喷嘴试图堵住泡沫，但无济于事，因为那个红色的圆桶是个灭火器。

更早的二十世纪七十年代，听说人们看到的是另外一番景象。当时计划生育还在宣传阶段，提倡搞，不搞也行。但是人们很紧张，男人尤其恐惧，以为“落实措施”就是把某器官割掉。上坡干活时，要几个男人约在一起，田间地头藏着结实的木棍，严阵以待，以防不测。

据说那时候做手术的医生是省里医疗队的，说话也听不懂，只是成天在我们屋前头那个小学操场上用柴火煮一个大罐子，也不见惊扰乡邻，大家倒也相安无事。

直到有一天，医生们准备到农民干活的地方宣讲政策。人们看到医生来了，吓得大声喊：“开跑啊！”几个外地医生听成了“开炮”，吓得丢下东西自己先跑了。

参加工作的第一年，我被分到计生办，也经常翻山越岭找“对象”。和以前比起来，人们更明事理，更听话，但那种不情愿也显而易见。肚子上划一刀，牲口也知道痛啊。

看着一个个刚结完扎佝偻着身子从手术室走出来的女人，我不禁哀民生多艰，哀造化荒诞，哀荷尔蒙惹祸。

工程

在没通电之前，农村用煤油点灯，煤油断档时就用油枞树块顶替。在没有煤油之前，人们用桐油灯。桐油灯是用竹子做的，有个铁做的灯盏，浑身油垢，不好看也不好闻。小学有篇课文叫《八角楼上》，寒冬腊月陪伴领袖度过一个个深夜的，就是那种灯。

冬天睡觉前吹煤油灯是件麻烦事。等一切安排妥当后，要起身憋足一口气，噗的一声把灯吹熄。煤油灯平时风轻轻一吹就熄了，但有时你专门去吹它偏不熄。噗噗噗地连吹几口吹不熄，吹灯的人有点懊恼，情况和急着抽烟的人打火机打十几下都打不燃一样。

在我三四岁时，这种情况就要结束了，因为一项水电工程上马了。

这项工程说起来并不复杂，就是修一条二十里左右的水渠，把一股山泉引到一个大水池里。从大水池接一根大钢管，把水再引到山脚下的发电站。

开始我还不知道是干啥，只是每天蹲在屋角的山头上看。山脚下的平地上有人挖了一条壕沟，里面斜放着片石，片石和沟中间有个三角形的阴影。我很好奇，又不敢下去看。

后来，我们家楼上住了许多人，家里每天跟有喜事摆酒一样到处都是人。这些人就是“新华连队”，是从一个叫“新华大队”的地方抽调的壮劳力。

工地上架起了大喇叭，放着激昂的音乐。除了搞宣传，大喇叭的主要功能是通知放炮，就是在工地放炮前通知附近老百姓及时躲避。

炮声震天动地，碎石到处乱飞，人们吓得不知道往哪里躲好，不过没听说有人因此受伤。瓦片打碎，椽子檩子打断则在所难免。

连队还不时出墙报，贴在板壁上。大人们一边看一边夸字写得好，执笔的一般是一个脸色苍白的小伙子，姓谢。

连队吹哨子上下工，风风火火，好像忙得很，但吃得很差，有段时间经常吃苞谷饭、水煮萝卜丝。民工们牢骚满腹，大骂大师傅“龙强娃”。“龙强娃”难为无米之炊，更觉得委屈，又无处诉说。

一年当中不晓得什么时候，连队才有机会吃肉喝酒打牙祭。每逢这时，总有一些人喝得偏偏倒倒，吐了，牙祭等于白打了。喝吐了我们那里叫“下猪娃”，有时“猪娃”下得到处都是，我娘气得骂他们吃太多。

连队在我们家住了两三年，我们没得到什么好处，除了烧柴不用操心。

那些好柴全部是从“红旗”“红卫”大队那些大山里弄回来的。当地人阻挠，不准民工砍他们的树。连队就派一个神经有点问题的莽汉走在前面，手上拿一把明晃晃的开山斧。又有人来拦砍树，后面这些人就大声喊：“前面那个人惹不得啊，是癫子！”拦的人就赶紧退了。

那个人其实不是癫子，只是有点傻。我们那里有个段子，不晓得是不是说的他。说是有个人爱讲傻话，他姐生娃了全家去贺喜，出门前家人再三叮嘱他别讲傻话。他果然乖，真没讲傻话。直到第三天回家时，他跟他姐讲："我这几天都没讲傻话，你那个娃要是死了莫怪我哈！"大约二十年后，我有次下乡又见到了这个人，看他端着一个大碗大口大口地往嘴里扒饭。

大师傅"龙强娃"我后来也见到了。1997年洪灾，他家房子被冲掉了一半，我见他还是那么精瘦，眼神十分忧郁。

有个姓胡的小伙子很特别，没事爱摆弄放大镜，会照相，还会吹笛子，算个文青。

"杨彪娃"三十多岁，有点古灵精怪，据说能写会算。有次他要到大队办事，我硬要跟着，他把手放到嘴里和眼睛上，做出各种可怕的鬼脸，把我吓了回来。听说这个人二十年前已经作古。

1997年洪灾下乡时，我打听到"朱雨老"仍健在。此人疾恶如仇而不失仁者之风，像做官的料。

一个当时比较活跃端庄的姑娘，后来成了我堂嫂，现在老了，脸都有些歪了。

两三年间，水渠就修通了，电随后也通了，人们不再为晚上吹灯而烦恼。

那条渠我们叫"堰沟"，人们在里面洗衣服，用渠里的水灌田。我们在渠里洗澡，看到有干部来了，吓得连忙把正面藏到水里。水渠的细泥沙里有一种寸把长的透明小虾，有人说用油炸来吃，喷香。我捞了一把回家，大人们不屑一顾：有饭有菜，吃什么虾！招呼条子（挨打）！

这条乡邻心中的"红旗渠"年久失修，现在已经千疮百孔。去年雨季，水渠的某一段再次垮塌，至今无人修复。那个小发电站不过几百千瓦，从发电效益上讲水渠已没什么价值。这项靠千百血肉之躯历经数年蛮干，蜿蜒群山游走绝壁的浩大工程，怕是气数已尽。

赶场

（一）

盛家坝有三个集市，盛家坝、桅杆堡、大集场，多年前逢一四七、二五八、三六九三个地方轮流赶场，盛家坝是政治文化中心，桅杆堡的牛行颇有声望，大集场的小猪娃最受欢迎。人们赶盛家坝、赶桅杆堡、赶大集场，好像“场”跟牲口会跑一样，要“赶”。离桅杆堡街上七八里的地方，是我的出生地，小地名叫白果湾。

《武林外传》里说有人一辈子没出过远门，看到牛车都能高兴半天。很小的时候，我在桅杆堡第一次见到大客车，为了看个究竟跟着跑了好长一段路。我看到供销社柜台里的东西排得整整齐齐，十分惊奇。那些买东西的小心又客气地叫：“同志，把那个拿下来我看哈。”同志忙得很，爱搭不理。

桅杆堡上街，弥漫着煤烟和烧开的菜油味道，有好几家炸“油糍儿”卖的。“油糍儿”就是在生米浆里放点切碎的青菜和肉，然后放到菜油里炸得焦黄，五分钱一个。小时候上街，要再三向父母争取，才能吃一个。这个东西在我的美食排行榜里一直排前三，我认为用来招待国家元首完全没有问题。

上街的尽头是学校，学校后面是陡峭的山路，经常有醉汉一边爬山一边破口大骂。这里是骂人的好地方，因为很少有人听得到，就是听到了也不怕，如果有人来打，往山上飞跑即可脱身。

中街有棵大楠木树，是整条街的风水所在。有个疯老太太，经常站在树下大声叫骂，骂谁骂啥，无人知道，无人理会。我哥回忆，那个疯老太太好多年前是我奶奶的好朋友，经常到我们家玩。她拿着瓢给花花草草浇水，嘴里念念有词："你淋咯，淋哪！清水淋根咯，根哪！"孩子们想笑又不敢。

一次，我看到楠木树下的烟摊上摆着质量上乘的叶子烟，有个七八十岁的老头望着烟摊出神。摊主热情地招呼："老年人哪，这都是好烟哪，买一点嘛，吃哒好退休哇！"老头听了，羞怯一笑讪讪而去。

再往下走，是口水井，水井旁是旅舍兼饭馆。老百姓一般不光顾，认为那是高档消费场所。

守在场口大路上的，是"燕儿客"。"燕儿客"原来是指恩施城里那些早出晚归的小生意人，后来临近城关的芭蕉等地也有了这种职业。"燕儿客"收购粮食、鸡、蛋、木材和其他任何可交易的山货，再转手卖给下家。

"燕儿客"开始只是一些中年妇女，后来又有一些青皮后生，说话都拿腔拿调，带着恩施城里那种有点自恋的腔调。青皮后生们蓄着长头发，穿着乡下不常见的衣服，让赶场卖东西的乡邻有些怕。

青皮后生们不大懂规矩，经常强买强卖，出言不逊，甚至打人。在几场冲突、较量中，主客双方各有胜负。后来本土新生代青皮茁壮成长，寸步不让，芭蕉上来的那些娘娘腔终于不敢造次，以至于慢慢凋谢。

（二）

二十岁前，我认为赶场就是买东西、卖东西，其实好多人赶场别有所图。如果人们都像我那样，看上什么东西给了钱拎着就走，街上就不会那么热闹了。

城里女人爱逛街，乡下女人爱赶场。有的女人半个月没赶场，就会自言自语："我好久都没赶场哒！"于是收拾东西去赶场。但赶场这个事要适可而止，频率要控制。那些逢场必赶、不散场不回家的女人，会被乡邻鄙视。

女人赶场，能见到平素不容易见到的亲友。像幺姨妈、大舅母、二姐这些娘家的至亲，不逢年过节，除了赶场哪见得到？赶场是休闲，也是低成本的社交，不用请人吃饭，最多就是买几个粑粑、水果塞在亲戚的背篓里，带给老人和娃。

也有极少数中老年男人爱赶场，其目的主要是卖点什么东西，顺带到小馆子里过个酒瘾，再用个玻璃瓶装斤把苞谷酒揣回家。但这种享受同样会被乡邻鄙视，要承受较大的压力。好喝酒的男人，一般是把空酒瓶、酒壶放在自家女人背篓里，由她们代办。看到女人赶场回来，瓶或壶已经灌满，男人笑得眉毛弯弯的，那一定是一种极纯粹的快乐。

有些七老八十的老年人，必须亲自到街上采购油盐等生活物资，情景凄凉。

未婚男女赶场，恐怕又是一段心事。

几年前在网上看到有人拍的恩施女儿会的照片，一男一女站在草丛的角落里，男的涎皮赖脸，女的眼神躲闪，分明有一丝见不得人的慌乱。因为这一点，我就可以不相信女儿会是所谓土家族的情人节。我只知道，赶场可能也是相亲，集市也充满暧昧。别以为乡下人就不懂感情，其实渴慕、秋波、搭讪、相思……一样也不少。

曾有个泼皮，走在大街上，在摸不得的地方摸了一把，脸上吃了姑娘重重一耳巴。不过那种极端案例多年来只发生过一起。

当然，大部分年轻人只是随便走一走看一看，并没有明确的目标。讲究点儿的小伙子，赶场会穿得利索点，夏天的标配是一件白色的确良衬衣。如果在左边的口袋里装一包“红金龙”的“哨子烟”，那就更帅了。每次赶场穿同一件白衬衣也不要紧，因为好多人连白衬衣都没有呢。现在好多刚上班的小伙子，挣了钱最重要的事就是置办个好手机，有品位的还要弄只瑞士表。二三十年前，哪要这么破费。

乡下的集市，远不如城市的商肆繁华，但不见得就没有意思。城里的商场，挂满了男皮女皮，摆满了名脂名膏，有钱就可以随便买。但你要说在商场遇到了大舅二舅、姑妈姨妈，那基本上属于惊悚故事了。

粽子

恩施的端午又叫“端阳”，分小端午、大端午和末端午，分别是五月初五、十五和二十五。

端午当然要吃粽子。恩施的粽子包的是糯米，有一种粮食原始的香味。极少数讲究的人家会在糯米里掺入少量饭豆（红豆），但不正宗。

粽子包好后放到锅里煮熟，然后停火焖一夜，让粽粑叶的香味充分渗入糯米，第二天早上就可以吃了。

“热包子，冷粽子。”粽子要吃冷的才香，才有嚼劲——广东人的说法叫“弹牙”。一般是蘸白糖吃，蘸蜂糖也要得。细娃们更喜欢蘸白糖，米粒洁白透亮、绵软糯滑，白糖在嘴里嘁嘁嚓嚓……

每年第一次尝新吃粽子，细娃们都有些迫不及待，以为起码吃得完四个，结果往往吃完一个就放弃了。大人们也有些高估自己，其实普通人两三个也差不多了，再多就有点“伤”了。

那些定下了媳妇儿还没娶过门的小伙子，要到老丈人屋里“打端午”。“打端午”是个大事，其仪式感仅次于“拜新年”，核心礼物是一百粽子，也就是一百个粽子。记住，要说“一百”，不要说“一百个”，否则不像恩施话。至于为什么叫“打端午”，不明白。难道是用粽子砸吗？也不像。在恩施“打”字意义丰富，生了娃要“打三朝”，朋友一起凑钱吃个饭叫“打平伙”，事情没办周全叫“打鸡公扯”……

这一百粽子要用上好的糯米、大张而且没有虫眼的粽粑叶精心制作，要大个儿、好看。牛角粽挺拔细长，最好看。狗头粽团头团脑，有点将就。

有一年区公所组织干部进行电脑培训，第一天学打字，老曾尖着拇指捉虫一样在电脑上艰难地敲出一行字："正月初四，给胡志维送腊蹄一只。"恩施正月里的腊蹄不是随便送的，收腊蹄的主要是老丈人、舅子。这句话的意思是强调老胡是老曾的舅子，或者老曾希望老胡当他的舅子，是恩施人特有的"占便宜""赚相因"的一种方式。和腊蹄一样，粽子也是一种见证姻亲关系的信物。说"五月十五，给胡志维送粽子一百"，意思也一样。

如果老胡不想被老曾占便宜，可以在端午节前这样回敬老曾："草帽买好没得哦，我过两天来拿哈。"投之以粽子，报之以草帽。打端午回家时，小伙子会从媳妇儿那里得到一顶草帽。那些没得草帽的小伙子，如果对一个年轻姑娘娃说要到她家里拿草帽，那若不是开玩笑就几乎是表白了，一定会招来一阵笑骂。这顶草帽做工精致、白得耀眼，与平常犁田打耙、割草砍柴戴的大不一样，是穿白衬衣戴着赶场那种。小伙子戴着这顶草帽，得意扬扬地到处转，走热了就拿下来扇，扇起满面春风。拿到今天，这都是发朋友圈的绝好材料啊。

不过，如今的端午节就是真的舅子怕也难收到粽子那样厚道、有手工感的礼物了。以往打端午，除了一百粽子，还要给媳妇儿缝一两套热天穿的衣服。光阴流转，风俗移易，不知道这些东西现在是不是都变成手机、手镯、项链，或者直接变成商品的一般等价物——钱了？

一季有一季的吃食，除了过端午，平常不会有人包粽子吃，大人细娃也不想，老老实实等待下一年端午。能让人平时就想起粽子的只有“篣叶壳儿”，一种由细篾条和粽粑叶编制的遮雨帽子。小时候戴“篣叶壳儿”放牛，听着密密麻麻的细雨和叮叮当当的牛铃子声音，闻着头顶上淡淡的粽子香，一边暗暗诅咒有些漫长的雨季，不知不觉就过了一下午。

很小的时候，附近有户人家整酒，我和母亲很晚才回家，临走时主人家塞给我们两个小粽子。母亲背着我回到家，往火坑里的鼎罐中添了一瓢水，说是怕粽子坏了，要煮了才能吃。我在旁边守着，看水汽蒸腾、盖子揭开、粽子翻滚。在那个没有零食的年代，两个粽子给了我们一个温暖的夜晚，吃没吃我都忘记了。

秋收

去恩施餐馆里吃家乡菜，一伙人指定要吃苞谷饭，说没有就不吃。这个时候我往往不置可否，觉得炕洋芋很久不吃还真的有点想，苞谷饭你们要喜欢就多吃点吧，我不太想。不是瞧不起苞谷饭，苞谷饭香我早就晓得。硬说苞谷饭比大米饭好吃的人，一定不是吃苞谷饭长大的，要在小时候，我非常乐意拿一碗苞谷饭换他一碗大米饭。

娃们不爱吃苞谷饭是一种近乎忘本的行为，会受到严厉批评。当爹的谆谆告诫："都是粮食，不吃苞谷饭吃吗子？天天要吃大米饭，哪里有那么多？"哥哥姐姐循循诱导："吃苞谷饭长得高，你看苞谷那么高，谷子那么矮。"当娘的一般不做声，只把娃们的话一一记在心里，焖苞谷大米混合饭时，留下锅中间一小块大米不拌入苞谷粉子，那一小份大米饭或者大米含量较高的饭是留给老幺的。老幺得了这份优待，暂时不再抗议吃苞谷饭的事，也不再辩驳吃苞谷饭长得高之类的无稽之谈。

苞谷饭虽然不如大米饭好吃，但种苞谷、收苞谷都比种稻谷、收稻谷有意思。恩施二高山“八山半水半分田”，有人以为“水”就是河流湖泊，“田”就是水田，错。其实“水”是“水田”，“田”是“土”。恩施的旱地叫“土”，“水田”叫“田”，没有水的田叫“干田”。土比较宽，一般离屋比较近；田很珍贵，离屋一般比较远。种田麻烦，犁田、育秧、栽秧、薅秧、收割，从播种到收获始终离不开水，从田里出来，满脚都是稀泥巴，不舒服。而看到苞谷苗慢慢长高长大，更多的却是喜悦。

初夏的夜空繁星闪烁，远方的天边隐隐约约闪动亮光，空中传来一阵阵飞机飞过的那种闷响，若有若无。老到的农民说：“翻天河水，有雨。”远方某个地方一场大雨正倾盆而下。土里满是露水，苞谷秆子正在疯长，使劲往下扎根，苞谷林里不时轻轻咔嚓一响，那是拔节的声音，听来令人振奋。七月一过，风向转北，几阵风一吹，天渐渐转凉，苞谷叶子慢慢变黄变干，天空像一块熨平的厚蓝布。把上一年用过的挑篓找出来扯把稻草擦一擦，准备掰苞谷了。

掰苞谷挞谷子是重活儿，不喊几个人帮忙不行。还是院子里那几家，外加近处的几家亲戚。“先掰高粱湾啊？”“好，先掰高粱湾！”“高粱湾”是最偏远的一块土，有两三里路，一杆烟抽完了还走不到。那块土泥巴油黑，是块好土。主人家到了土里，仔细巡视今年的收成。嗯，还不错，苞谷坨大个，籽粒饱满。土最边上的几个苞谷坨已经被人掰了，可能是看牛娃掰掉烧了吃了吧，不算偷，损失不大。春天时，“岩大叔”不晓得从哪里牵回来一匹瘦马，吃饱了在土里打滚，滚坏了一大片苞谷苗，造孽啊，牵了个发瘟的畜生！哼，要不是看他那么大把年纪了，这个事一定要问个清白。娃们除了凑个热闹，帮不上什么忙，这个时候他们要去土边的岩窠看青藤长老了没有，青藤可以绷藤椅，可惜这里有点少。还有几个“狗屎瓜”也要趁这次摘了，这么远来一趟不容易。有些没有干掉的苞谷秆像甘蔗一样甜，而且比甘蔗脆，不能放过。“高粱湾”没多大一块土，丰收的年份也只能掰个六七挑苞谷，窸窸窣窣半个钟头就掰完了。

背篓里、挑篓里、箩篼里，苞谷插得满满的，女人背背篓，男人挑挑篓、箩篼，老老少少依次起肩往回走。没走几步，走在前面的老大哥吃力地把百把斤一挑苞谷坨从肩上端下来平放在地上，挑篓整整一年没用过了，不晓得哪里出了毛病，要仔细检查一下。还别说，挑苞谷还是挑篓最好，箩篼挑着甩呀甩的，不好走。把两个背篓一样的篓子固定在一副好桑树扁担上，就是挑篓。挑篓里苞谷装得满满的，顶上还插一圈，挑起来一闪一闪，走起来格外轻快。挑篓重心高，有经验的人才能保持平衡。初学干农活的毛头小伙子，笨手笨脚，不小心把挑篓弄翻了，苞谷撒在地上不说，脸上还要被扁担结结实实“打一巴掌”，十分狼狈。

“高粱湾”过来是“村荒”。“村荒”有一大块好土，很多年前也许是修屋的地方，土里不断刨出瓦片、青花碗碎片。是什么人什么年代在这里修过屋，连最老的老年人也不晓得，也没听更老的人传说。在一家最重要的这块土里，除了杂交品种“恩单二号”，还夹种了一块本地品种白苞谷。那种白苞谷籽粒像人的牙齿一样细细长长，苞谷坨尽是七八寸长一个的，过年打糍粑往糯米里掺点这种苞谷粉子，香，还看不出来“掺了假”。今年的白苞谷长得好，秆子高，身材最高的人伸长手也摸不到苞谷坨。大家只好把苞谷秆子扳弯了把苞谷坨掰下来，一边取笑主人家要再种这么高的白苞谷就没有人肯帮忙了。忙了个把钟头，“村荒”的苞谷也掰完了，如果两背篓折算成一挑，一共有二十来挑，也差不多啦。

“村荒”过来的一块坡土，有一块苞谷还长得青枝绿叶，在遍地金黄的季节看起来与众不同。那是“白日早”，下种才两个多月，也是白苞谷，属于迟熟品种，是种了给娃们烧来吃的，还没到收获的时候。

这一趟苞谷送回屋里，该歇气喝茶吃烟了。这几天天天是晴天，苞谷就堆在院坝里。两块土里掰完，院坝里的苞谷已经堆成了小山。两三个才开始换牙齿的娃在苞谷堆上爬上爬下。最大的那个娃在苞谷堆上掏了一个洞，刚刚够自己躲进去，然后宣告那里就是他的地盘。大人们看到，大喝一声“招呼栽下来”！其实，他们只是看到娃们那么开心，无所事事，心里有一丝嫉妒和愤怒，忍不住要吼一句，栽不栽下来他们并不担心，那么一点高就是栽下来又怕什么呢？

喝过茶吃完烟又要上坡了，一直在灶屋里忙的女主人出来大声吩咐：“这趟搞完了吃中饭啊！”

没多久，队伍陆陆续续回来把苞谷倒在堆子上。饭菜已经摆好了，最小那个娃趁人不备用两个指头从盘子里飞快地夹了一块炒焦的腊肉放进嘴里，却被大声喝止。掰苞谷是重体力劳动，要有酒有肉。收粮食嘛，总要吃好一点儿，收粮食都不吃好一点儿，种粮食搞吗子？大家围成两桌坐下来，慢慢吃慢慢喝，不着急，天色好，掰不完明天再掰。

上午剩下的时间和下午都在房前屋后，可以不用抓得那么紧。有两个来帮忙的女的吃完饭自己屋里还有事要忙，晚上来帮忙剥苞谷就行了。

太阳才偏西，天黑还早得很，苞谷就掰完了，“今天放哒个早活路”。苞谷算起来总共有五六十挑，收成不错。院坝里的苞谷堆更高更大，最高的地方和屋檐差不多了，站在堆子顶上可以看到瓦上的东西，而最大那个娃掏的那个洞早已经被淹没了。娃们爬上苞谷堆，踮起脚想看看被踢上屋的毽子还在不在瓦上，春天里被劁猪匠甩上屋顶的那点东西还在不在那里。

吃晚饭之前，主人忙着把电灯拉到屋檐下，晚上要“打夜工”剥苞谷。

吃过晚饭后，白天的劳力和院子里的老人小孩都来了。男女老少一边剥苞谷一边说笑，一边呼吸着粮食最原始的气息。院子里年纪最大的老人又一次说起他年轻时的各种见闻，因为晚上多喝了两杯，口齿不太清楚。主人家顾不上听这些，他在寻思这些剥出来的苞谷坨挂或者堆在什么地方更合适，突然有了这么多苞谷坨，屋里就这么大一点地儿，不安排一下不行。

娃们手上没力气，剥出苞谷坨还要人帮忙把苞谷壳扯下来。大人嫌他们麻烦，直说："到一边玩去，莫挡路！"娃们插不上手，开始玩他们自己的游戏，先是在苞谷堆顶上掏了一个更大的洞，然后又为领地归属问题发生争执，强势的一方要独霸地盘，弱势的一方争不赢，只好气呼呼地去和别的娃追逐夜空飞过的"亮火虫"。没多久，两个娃又为刚逮到的那只"亮火虫"是谁先发现的动起手来，小的那个哭了，大人急忙过去调解、安抚。

娃们还不晓得，灶屋里正蒸着一升五斤的糯米。今年丰收，打点过年才吃的糍粑庆祝一下不过分。石碓窝和木粑杵都半年多没用过了，要好好清洗一番。两个壮劳力把蒸熟的糯米放在碓窝里捣几十粑杵，就成糍粑了。几个娃全程围观，两个小的熬不住，早倒在苞谷壳里睡着，当娘的把他们抱上床。这个时候糍粑的吃法和过年不一样，一人掐一坨，沾上熟黄豆粉马上吃，要趁热。

有人提议："去割点蜂糖嘛！"一个人一只手拿一把点燃冒烟的艾蒿，一只手拿煤油灯。另一个人拿一把刀，抖抖擞擞打开蜂桶。蜜蜂万头攒动，被艾蒿烟一熏，马上变老实。几个偷吃蜂糖的"糖蛾子"直往灯上扑，被就地消灭。糍粑蘸着蜂糖吃，味道就是不一样。

主人家又说："搞口酒不？"因为酒今天已经搞了不少，老大哥迟疑了一下，说："搞一口嘛！"主人家提出塑料酒壶，倒了几杯，分量不多，就两三口。

消完夜还要忙一阵，苞谷剥完夜已三更。和天刚黑时比，星星好像更多，天河已经偏转到另一方。一个亮点在天上快速游走，不晓得是流星，是飞船，还是"亮火虫"。苞谷壳上结了一层露水，大家突然觉得有点凉。

"都辛苦哒，睡呀！"

"嗯，睡！"

早睡的娃们正在做梦，一点都不晓得他们错过了怎样的盛馔。

雪村

北风吹了两天不知道什么时候停了，天空变得灰白而平静，就要下冬天的第一场雪了。

雪随时可能下起来，在早上，在吃午饭时，在灯光亮起的黄昏。雪花飘飘洒洒，不紧不慢。有时候雪在半夜无声无响地开始下，一觉醒来，看到雪色从窗子和门缝照进来，映在板壁上，娃们翻身起床，看到满山遍野一片银白，满眼都是惊喜。

恩施二高山的冬天是一段不忙的日子，适宜干开荒、耕地、砍柴等重要而不急紧的活，可以连干十天八天，也可以断断续续，不干也可以，下雪天更是需要休息。

天还不大冷，但火坑里总要烧一堆火，要不冷火秋烟，不像个人家。柴通常是一个大树蔸和粗谷糠，树蔸是晴天挖出来存着的，一个可以烧三五天。那堆火半死不活，一缕缕青烟慢慢飘起、散开。冷急了，两火钳刨开谷糠，火苗从大树蔸上绽开、跳跃，热浪扑面而来，张开手掌边烤边搓，很快就不那么冷了。

雪越下越大，男主人不晓得干点啥好，直到觉得真的有些冷了，就从楼上撮一箩篼苞谷坨搬到火坑边，一个一个慢慢地抹，苞谷籽唰唰地掉到箩篼里。白色的苞谷芯丢进火堆，一阵白色浓烟过后，呼地冒起尺把高的火苗。女主人拿出针线，比比画画，不晓得是要做鞋子还是要补衣服。热灰里啪的一声，跳出一颗白色的爆米花，几个娃连忙伸手去抢。

柴火烤得人眼睛模模糊糊，连日的闲散使人有些空虚和心慌。男主人走出屋外，朝远处望一望，河对门的右边传来一阵一阵的鞭炮声，不晓得是打发姑娘还是接媳妇，也许是哪家的老人“扯不上水”走了，不过没听到锣鼓响，不像。他长长地伸个懒腰，觉得人这一辈子没什么意思，真的“没得好大个搞场”。

雪下了一两天，树白了，竹子趴了，路也不大看得到了，外面看不到什么人，每家的屋顶飘着一点青烟。突然听到屋角狗子叫，有人重重地跺脚，想跺掉鞋上的雪。雪天的访客，一般是关系很近的朋友，趁下雪有时间大家一起摆个龙门阵；要不就是平时来往不多的朋友，要来说一件忙的时候没来得及说的事情，大家走动不多，交情依然在。不管是哪种客，都足以打破雪天的枯寂。男主人直起腰，拖过椅子让客人坐，从水瓶里倒一缸热茶，再装上两匹叶子烟。女主人放下针线，忙着去张罗饭菜。

这是等过年的季节，不缺吃的，腊肉在坑上，白菜在土里。白菜已经被雪盖住了，扒开雪砍两蔸可以吃一天。蒜苗藏得更深，摸索好久才能揪一把。往远处望一眼，有人在大路上急急忙忙地走。下这么大的雪，不晓得忙到哪里去搞吗子。

大路下边，一股活水哗哗哗轻轻地响，水面冒着稀薄的热气，小沟旁边的泥巴里悄悄里冒出嫩绿的草芽。茅草蓬、乌泡藤下，几十个绿豆雀跳上跳下，叽叽喳喳。堰沟旁边一树红果刺，上面也落满了雪。土坎脚的小树上热天里结了好大一个马蜂窝，不晓得被哪个捣破，黑色的蜂窝渣子散了一地。

土边背风的弯里坐着一个老头儿，披着蓑衣，慢慢地吸着叶子烟，他的牛在不远处的小树丛里啃着枯草，牛铃子叮叮当当，沉闷而落寞。老头面前刚烧过一堆火，黑炭白灰里正在冒烟。老头儿戴着黑帽子、黑耳罩，一声不响地坐在那里，其实正努力抑制越来越重的哮喘。有人走过，老头茫然扭头看一眼，依然一声不响，同辈的越来越少，下辈的越看越模糊，已经无话可说。而且，耳朵几年前就聋了，说吗子也听不到。下雪天本来可以不出来，但老伴儿不停地说这说那，几个姑娘已经出嫁多年，儿子三十几了不讨老婆，在外面打工几年不回来。吃饭的问题是解决了，但很多问题不是吃饱就可以解决的。这个世界，有没有希望已经无所谓，死了不怕，活着也行。闷在家里烤火，还不如出来，找一个安静的地方坐下，看牛，看雪。

年货

又一次在广东过年，回想一下三十年前老家过年的情形，聊以自慰。杀年猪、打糍粑、上坟送亮、拜年……这些说来话长，通通按下不表，只说赶场办年货。

那些年月恩施农村穷，好像没有什么年货要办，但仔细一想其实样数还不少。不管怎么忙，就是平日不怎么上街，也一定要在过年前赶一次场，有几样东西不得不买。

首先要称盐。俗话说“不吃不吃盐要吃，不穿不穿裤子要穿”，不管有钱无钱，有些东西都必不可少。过年起码要称三五斤盐储备起来。盐是散装的，称了用白纱布包袱包着。油和盐一样重要，不是炒菜的猪油、菜油，是煤油，点灯用。

酒一定要打，过年待客总要喝一点，拜年也要拿瓶酒才像个样子。酒是散装苞谷酒，有些讲究又不怕麻烦的顾客，在酒缸口嗅了又嗅，甚至还要抿一口，反复确认味口正不正。建始二曲、高粱小曲、绿豆烧、沱牌等那些“瓶子酒”是高级货，“单位上的人”才喝得起，就是“单位上的人”也不是都喝得起。有个同学的爹在供销社当“同志”，年关前久久摩挲一坛五斤装的高粱酒，嘴里不停地“买，还是不买？买，还是不买”。“瓶子酒”不是农二哥的消费目标，偶尔也有例外，小伙子走老丈人家可以拿一瓶，“冲壳子”。

香纸也一定要买，还有蜡烛。香是一把一把的，几十根一把。纸是一贴一贴的，最少也要买十贴。蜡烛是用漆籽油和皮纸裹的，白色，一对一对地卖。黄色的草纸买回来还要加工，用“钱钻”打，“钱钻”是个铁制的模具。扶住“钱钻”，拿捶草棒嘣地一敲，草纸上就钻出个外圆内方的铜钱样子。这些伪造的古代货币在祭祖、上坟时烧给亡灵，等于后辈发给先人的红包，让他们在那边将就着过个年。年年如此，不晓得有没有汇率问题，也没听到有人嫌少。现在流行几亿面值的冥币，不成个体统，就不怕通货膨胀吗？打纸是严肃的事情，必须虔诚从事。但也有人打纸的时候被冻得鼻涕直流，边打边骂，全无宗教情绪。

“炮火儿”（鞭炮）多少要买几个。大人放不放无所谓，主要是细娃眼皮子浅。腊月三十、正月初一交节时放一串也有个响动，不然就是“过聋子年”。

米一般不用买，但高山上不出大米，如果过年不想吃苞谷饭，就要买。肉不用买，家里有，腊的。菜也不用买，但城里拖上来的大白菜比本地白菜白，要买几蔸试哈。家里种的有叶子烟，但“纸烟”还要买两包，不然来个只吃“纸烟”的客怎么办？面条要买，可以送礼，还可以当菜。白糖也要买，吃糍粑要。此外，拜年的礼物“糖食糕饼”一样要买一点儿。

三十年前桅杆堡街上腊月间有没有水果，不记得了。别的季节，桃子、李子、梨子都有，农村人自己从树上摘下来的。苹果、橙子、橘子、甘蔗好像城里才有，大家也没那个闲钱。

桅杆堡一四七逢场，腊月二十四、二十七是过年前最后两场，人挤着人，背篓挨着背篓，人们踩着寸多深的稀泥乱浆，嘴里哈着白气，脸上带着柔和的笑容，心里藏着一丝焦虑。“有钱莫买腊月货”，平时一块的东西这两天一块五。转了半天，能买的东西并不多，多数人背个背篓就可以了。大家相互开玩笑：“吔，你买那么大一背啊！”少数“拿工资”的人家，挑的是箩篼，一买就是一挑，“炮火儿”有单个的大炮，还有若干饼小炮，引来无数羡慕，还是拿工资的好啊。

亲戚在街上见了，免不了摆个龙门阵。表兄弟表姐妹见了，直接问："你们么时候到我们家拜年哪？"问话一方的大人连忙止住，细娃家真是不知事，哪有接拜年客的？

桅杆堡今非昔比，街上一年到头花花绿绿，吃的喝的穿的平时吃了喝了穿了，大人细娃没那么盼过年了。即使这样，还是家乡过年更像过年。

杀年猪

想起三岁那年公公家杀年猪的情形，恍惚记得是用一根大麻绳把猪绑在他和表弟放玩具的大长条凳上。

城里长大的娃常吃猪肉，却很少看到猪跑，更别说看到杀猪了。我们小时候没见过世面，猪肉也吃得不多，杀猪倒见过不少，想和后辈们分享一下。

不错，杀猪确实需要一张格外宽大结实的长条凳，这长条凳主要用来杀猪，平时也坐人、放各种东西，恩施农村差不多每家都有一条。猪不用麻绳绑，而是被几条壮汉从猪圈里拖出来摁在凳子上。猪膘肥体壮，不甘心被制服，拼了老命往前窜。一个人揪尾巴，两个人抓耳朵，另外两三个人跟着一路狂奔，想抓住机会薅住猪脚一把掀翻。一阵混乱失措，一身蛮力的畜生总算被摁倒在长条凳上。接着屠夫要演示他的刀法了，通常只需要一刀，极不顺手的时候可能要两三刀，主人不欢喜，屠夫也郁闷。

嚎叫声渐渐由高到低，猪终于老老实实地躺在长条凳上任人所为了。屠夫在猪后腿上切开一条小口，拿一根叫“梃肠”的长铁棍在猪皮下来回捅几遍，再憋红了脸使劲往小口里吹气，一旁有人拿一块两三尺长的木柴在猪身上细细拍打，边吹边打直到猪涨得滚圆。接着，要往猪身上慢慢淋几大壶开水，屠夫趁热用一块铁皮“剐刨”快速除毛。猪弄干净了赤条条伏在长条凳上，看起来和人剃了光头差不多。屠夫稍事歇息，提刀先把猪头卸了，再把“项圈”也卸了。

狗子夹起尾巴斜着身子从一旁闪过，不晓得在哪里蹭了一嘴猪血。猪死狗不悲，平素不过是嬉戏过几回，谈不上什么交情。毕竟场面震撼，狗子低眉顺眼，蹑手蹑脚，显得格外瘦弱单薄。

屠夫威风凛凛，至少是令娃们胆寒的人物，不仅是因为他们敢杀生，更是那套行头。最吓人的不是杀猪刀，不是“梃肠”，更不是“剐刨”，而是“镣环”。“镣环”两头是溜尖的大铁钩，中间是可以转动的铁环。

在猪屁股上处理一番后，屠夫伸进“镣环”，使劲一扯，钩住脊梁骨。几个人抬的抬，拉的拉，吃力地把“镣环”另一头的大钩子挂上楼梯上的横档。横档咔擦一响，像要断一样，猪被倒挂了起来。“镣环”名字不雅，结实，粗陋。娃们生怕那个钩子钩到自己，屠夫哗啦一声拖出“镣环”，吓了他们一跳。

屠夫剖开猪肚子，马上有人递过撑棍。最先取出来的是“盐条”，也有人说是“连铁”，其实是胰脏。早已守在一旁的娃们眉开眼笑地接过来，跑进灶屋，揉点盐，丢进火里烧得焦黑卷曲嗞嗞冒油。主厨的大娘拿刀切做两三截，娃们人手一截，几口就吃了。

一班人继续忙，猪肠子也取出来了。翻肠子是个技术活，要老成稳重的人才能胜任。一个人提着肠子一端把肠子头翻折了塞进去，另一个人用炊壶淋水，且折且翻且淋。不多时，嚯的一声，流汤滴水，肠子已经翻过来，里面变成了外面。稍微冲一下丢在盆里，等有空了再来慢慢料理。内脏和板油随后依次取出。板油是重要的战略物资，要炼成猪油装坛存起来，来年一年炒菜就靠这个了。

灶屋雾气蒸腾，几个女人正忙着烧水、做饭和说话。灶是三口锅，两头是小锅和大锅，中间的是中锅。平时都用小锅煮饭，大锅煮猪食，中锅基本不用。为杀猪，三口锅才都用上了，大锅和中锅烧了满满两锅开水，小锅用来炒菜。等中锅里的开水舀完了，也拿来炒菜。一个屋场几家人，住得近的至亲，都要来吃刨汤。

猪已经收拾得差不多了，两大扇肉已经从“镣环”上取下，放在堂屋侧边的一块门板上。

吃饭的挨挨挤挤坐了两桌。桌子上是大头菜之类炒肥肉，酸萝卜丝之类炒瘦肉，小炉子上烧的是风锅儿，开汤里下了猪肝、猪血、瘦肉，撒了两大把青蒜苗，如此而已。苞谷酒倒好了，男人们总要品评一番。不管酒怎么样，大家也就着好菜喝下去了。

屠夫不怎么喝酒，草草吃完饭，照女主人的意思分割猪肉，要砍几个肘子，要砍几个“礼心菜”，余下的再切成几块。任务完成了，往饭桌这边一挥手，说声“都过热闹年啊，要赶下一家”，提上藤包，扛起“梃肠”，扬长而去。

吃烟

抽烟，恩施人又叫吃烟，或者喝烟。以前要“搞工作的人”才吃得起纸烟，农二哥没得钱，吃自己栽的叶子烟。人来了倒杯水，装杆烟，是农村人的基本礼节。条件过得去的人家，都备有一包纸烟。见到陌生人来了，如果这个人穿得比较体面，像个搞工作的，家里的老人就会摸出这包皱巴巴的纸烟，抖抖擞擞抽出一根递过去：“你尔家吃杆纸烟。”这个人要是不吃烟，就会说“莫客气，没学会”。这个人要是吃叶子烟，就会说“老年人，我吃这个”，一边掏出巴掌大个塑料烟口袋，找一匹好烟，掐下一截展开当“包皮”，再掐些碎烟裹成手指粗一根。这根土雪茄的精髓是外面那层包皮，经常有人感叹“烟我有，就是没得包皮”。

不吃烟的人实在无法理解吃烟的妙处。小时候问堂哥，人为什么要吃烟？他说，有烟瘾。我又问，什么是烟瘾？他说，没得事做不吃杆烟就心心慌慌的，毛闷得很。他举了个例子，男人有时候在家里发无名火，外人不晓得是怎么回事，只有家里的女人晓得是他没得烟吃了——“悖时烟瘾又发哒”！

只有后来自己也吃烟了，才深刻体会到，燃着的一杆烟，就是一簇光、一堆火。有时候，比如像和女人吵架了，男人需要那一丁点光亮和温暖来治疗短暂的绝望。一包烟只抽了三四根的时候，有种来日方长的富足感，就是伟人说的早晨八九点钟的太阳那种感觉。

没有火柴之前，听说吃烟的人是用火镰，就是用一块钢片在石头上削出火花，点燃火绒，再点烟。张宗昌诗《咏闪电》：“忽见天上一火链，好像玉皇要抽烟。若凡玉皇不抽烟，为何又是一火链？”当中的火链，就是火镰。这种古老的取火工具我们没见过，但经常看到锄头挖到石头时迸出火花，道理很好懂。1980 年前后火柴五分钱一包，拿火柴吃烟是一笔不小的开销，用得最多的是煤油打火机。有人赶场，吃烟的人有时候会吩咐“帮我带包打火石”。打火石一角钱一包，一包有十颗，可以用很长时间。在通电之前，煤油打火机几乎是农村唯一有点技术含量的物件，想不到现在成了时尚元素，有那么多人追捧 ZIPPO。

吃叶子烟离不开烟杆，不然烟烧嘴巴又浪费。最简陋的是竹筒烟杆，讲究一些的是竹结巴烟杆带哨子（烟嘴）。极少量的楠竹枝条会变异，长得扭曲膨大、命形怪状的是做烟杆的好材料，吃烟的人平时会留意，看到了不动声色悄悄记住。再讲究一些的烟杆有白铜烟锅和烟嘴，用细竹竿连通。烟杆主要拿来吃烟，也像指挥棒，有些人喜欢吃烟时把烟杆取出来，用烟嘴指东指西，表达各种主张，跟现在有些保安喜欢拿对讲机天线到处指一样。最高级的是大烟杆，烟锅和烟嘴差不多有普通烟杆的三倍大，中间是三四尺长的竹鞭。大烟杆代代相传，几代人吃下来，竹鞭由黄变红再变黑。

吃大烟杆有点装腔作势、摆谱，恩施农村的说法叫“赌格”，需要身份，都是家里年纪最大的老年人。客来了，老年人递上用大烟杆装好的烟，那这个客一定是稀客、贵客。有些大人物喜欢在开大会的时候吃烟，也算是“赌格”。现在社会进步了，要当着那么多人吃烟，几乎和当众小便一样，需要心一横才做得出来。

吃大烟杆要把烟杆伸到火坑、灶孔里点火，有时候需要孙辈帮忙。无人伺候，火坑和灶孔又没有火的时候，要往烟锅里栽一根擦�的燃的火柴，再急忙掉过头来使劲吸几口，烟才会燃。

大烟杆又像权杖，是专制的象征。有的老人家时常呵斥后辈：“招呼我敲你两烟杆脑壳！”听到有人磕大烟杆脑壳，最好小心些。小时候见到大伯头顶上有好深一条沟，听说就是老辈子用大烟杆脑壳打的。老人家七十多了，说起小时候的事还是气呼呼的。

保温杯及二十世纪末时尚元素

不明白保温杯这段时间怎么成了热门话题，被视为中年男人衰朽的象征。现在办公桌上的茶杯是我几年前花三块钱从百佳超市买的，基本上只用来喝白开水，接一杯水放凉后一饮而尽。我一直不习惯喝烫水、吃烫饭烫菜，除了很困从来不喝茶，偶尔泡点清苦的莲子芯降降火，从不晓得保温杯里泡枸杞有何妙处。

但是，二十年前刚上班的时候，我曾经拥有一个保温杯，白铁皮，黑胶盖黑胶底中间黑胶箍。叽的一声拧开，白开水的腥味和焐热的橡胶味扑鼻而来，小心翼翼地抿一口，再叽的一声拧紧。上班杯子放在办公桌上，出门拿在手上，冷天双手紧紧地捧住取暖。有几年，乡干部们不分大小，几乎人手一个保温杯。到圣孔坪下乡，领导特别嘱咐，这个村是肺结核窝子，尽量不要喝农户倒的茶水。所以干部随身带个杯子很有必要，不管保不保温。

人比人气死人，保温杯之间差别也很大。我那个保温杯用的是饭勺、铁盆、门把手那种材料，泛着单薄、冰凉或灼热的白光。有条件讲究的人，比如乡里的书记，一个保温杯是拉丝不锈钢双层抽真空的，颜色偏灰，很有底蕴。他的另一个保温杯是玻璃双层抽真空的，可以看到一根根茶叶竖着在里面起起落落，一次开大会时被绊倒，先是嘭的一声闷响，然后嘎啦转半圈后化为一地碎片。开会的人见到这一幕，情绪有些复杂。

据说那样的杯子两三百块钱一个，相当于四五十岁的普通干部一个月工资，显然不像是书记自己买的，一般是开什么会发的。开会的人心痛的是那么贵的杯子破了，而不是书记的杯子破了。

如果不是那次到石栏下乡，我还以为我那个保温杯虽然不好，也只不过是不锈钢没有拉丝而已，起码还是个真空、夹层的。那次下乡是和计生办主任一起，他在路上遇到田间劳作的老相识，热情地挥手致意，我也一步跃上土坎，不料保温杯从手里滑落滚到坎下。我连忙跳下坎捡起来，杯子并无大碍，只是摔掉了黑胶底子，里面露出一截白色泡沫，抽出泡沫，里面是空的，不是夹层，更无真空。

这让人很不爽。保不保温本来无所谓，居然不是夹层、真空！我依次拍回泡沫、黑胶底子。周围是大片黑色的松林，太阳已经偏西，远近各处的洋雀“鬼鬼阳——鬼鬼阳——”、懒虫“昂昂——昂昂——”，此起彼伏，一声高过一声，岁月盛极而衰……

尽管这样，我仍然没有抛弃那个杯子。有一天黄昏，我和主任到中学散步，初中的同学在这里教书，看我拿着保温杯散步，大大地奚落了我一番，说“硬是像大干部哦”。从那以后的二十年来，我再没用过任何形式的保温杯。

说起那个杯子，还有些来历。刚上班那年年关，分管计划生育的副区长认为有必要酬谢一下各小乡的分管领导、计生专干和相关干部，也顺便给区公所的领导拜个年，就让计生办置办了四十多个手提袋，每个手提袋里装一个保温杯，一共是四十四套。这些东西就塞在我寝室的柜子里，准备腊月二十四五再送出去。出于好奇，我把那些东西数了一遍，也不晓得是哪里出了问题，数下来竟然有四十五套。更加不妥当的是，我还走漏了消息，已经有好几个人知道计生办“有东西”，而且在猜测哪些人会“有东西”。副区长对此非常恼怒，让人再次盘点，一边声色俱厉地讯问：“为什么只数到四十四套？还有一套哪里去了？嗯？”同时警告我“不要吗子事都到处唱！”幸好另一个副区长说了句公道话，说装车时他亲眼看到点的货，就是四十四套。这件事让我第一次领教了领导的厉害。

当然，计生办的人也都“有东西”，我们在来年春天领到一个黄色手提包和一个保温杯。那个人造革的手提袋，能装下一个保温杯、一支笔、一个笔记本，或者十万块钱，一个“大哥大”。那些年好多人提着这种袋子匆匆忙忙来来往往，袋子上印着“1998年恩施市统计工作会议”之类的半圈白字。事实证明，有些单位不印字可能更好。法庭的王庭长从来不提我们送的那个手提袋出门，他不喜欢“恩施市盛家坝区计划生育办公室”几个字。人家说，我堂堂人民法官，又不是什么计生干部！

听说恩施东乡红土那边流行的是腰包，男女老少中了邪一样，走到哪里腰杆上都要挎个巴掌大的包包，劁猪匠一样。

不晓得主任为什么会有一套斜纹的呢子军装。有办法的干部都会搞一套，冬天穿着温和，就是洗起来麻烦，穿久了屁股上会反光，不容易复原，听说要喷点醋再熨烫。很多退伍军人把当兵视为人生巅峰，对军装情有独钟，穿出来也有个样子。没当过兵的穿上军装，总显得扭扭捏捏。也有几个长得齐整的，呢子军装穿着也体面，老同志杨书记也经常穿。我悄悄问另一位前辈：“杨书记是不是当过兵哦？”前辈说：“扯——逃兵哦！”

卫生院的刘医生有台摩托，走到哪里都离不得，用他自己的话说是：“恨不得屙尿都骑起！”宗申 125 四千多，嘉陵 125 略贵，没有几个钱买不起。搞建筑的杨老板一万三买了个二手进口本田，已经足以招摇过市。当广播站站长那一年，我凑钱买了个油漆斑驳嘉陵 60，伙计们都说：切！当站长的人，骑这号车！这个车的确不怎么样，一次爬上坡前轮离地像马那样立了起来，一次翻下坎排气管把小腿烫伤，一次换挡别伤脚板。

后来，程控电话通了。不久，书记腰上先挂上了手机，没多久乡长也挂上了，管党群的女副书记投以艳羡的目光，很快也买了，但没挂在腰上。手机双向收费，一般不开，只打不接，call 机响再回过去。副乡长每次进城，都会先找个馆子坐下来，用手机先打一通 call 机，不一会儿手机就开始叫起来。

不过这个时候好像已经快要“跨世纪”了。

伯伯的老挎包

不知道从什么时候起，也不知道为什么，有种老式提包总会让我多看一眼，心里充满令人不解的好感。那个包最好是人造革的，能装一个枕头那么大，竖条纹，印着毛体“北京”两个白漆大字，油腻，反光，安静地躺在房间一角。

那种包流行于二十世纪八十年代以前，现在只在车站才能偶尔见到。似曾相识的感觉，让我一次次地追想缘由。想了好多年，有一天好像弄明白了，这种包叫“挎包”，我伯伯原来有一个，小时候看他提过。

伯伯那时候在林场“下厨”，就是当大师傅做饭。林场我们长大后去过，并不是长着大片树木的地方，只有几间歪歪斜斜的黑色木房子，后来改成了酒厂，再后来就消失了。林场又叫大队，应该是林场场部和生产大队办公的地方，可能一度还是枫香河水电站工程建设指挥部的所在地，大小也算个单位，常年有若干人集中开伙吃饭，时不时地还有接待任务。

伯伯那时候五十多岁，十天半个月回家一次，每次都提着那只黑色的挎包。包里装的主要是炊具，铁丝漏瓢，两个头的铁钩子，还有把火钳一样的夹子。工具要随身携带，放在林场说不定会被偷。现在看来，那都是些煎炸食物的工具，适合加工大块的肉食，想必当时林场的伙食标准要大大高于普通人家。

很多农村的女人做菜一般，只会搞“土大碗”，不会“炒盘子”。有人说是因为没什么好材料，萝卜白菜怎么做还是萝卜白菜。也有人认为是因为没有好“相料”，如果姜葱蒜辣椒花椒味精酱油齐全，“炒几个盘子”算什么？其实，最主要的还是因为忙，没有时间修炼厨艺，只能过比较粗放的日子。

但是，伯伯在吃的方面有点追求，熟悉上色、勾芡等烹饪工艺，还会酥皮子，做鲊椒子蒸扣肉不酥皮子不好吃。不过如果不是整酒，这些功夫在家里基本无法施展，逢年过节才吃肉。架好鼎罐，肉剁成坨倒进去，加满水，再丢几个干辣椒、几瓣大蒜和一块姜，使力炖，简单，不需要高手参与。

功夫用不上不代表无所作为，伯伯乐观开朗，记忆力好，表达能力强，是讲故事的高手。

1938 年（民国二十七年）湖北省会西迁恩施，伯伯十五六岁，在恩施城里修过飞机场，和其他十几个人一起推动沉重的石碾子。他说，驻恩施的队伍发“荔枝（痢疾）病”，成批地死，死了就埋在官坡一带，有些人丢到坑里眼睛还在转，也埋了。

更多故事颇具志怪色彩。比如，有个人在河里打到条大鱼，用背篓背着回家，高兴得边走边念：“这么大哪门吃得完哦？要用坛子鲊起才行呢。”这时，背篓上也大声说：“欸，是要鲊起呢！”那个人吓得掉了魂，甩了背篓飞跑。

扯远了，接着说挎包。那种老式挎包究竟为什么总能给人奇妙的感觉？回想起来，可能是这样的：伯伯回家时，有时能从包里摸出点吃的给我。对那个年龄的孩子来说，不管什么吃的都叫“粑粑”，只要一看到那个挎包就以为有“粑粑”。

“粑粑”到底是什么？是包子，是馒头，是麻饼，还是裹着面粉油炸的酥肉？那些“史前记忆”影影绰绰，没有线索，无法求证。

那种三餐之外的意外收获，一定是非常稀有的快乐，以至我多年以后看到那种老式挎包时胃里仍然泛起微微的暖流。

据说有的孩子会迷恋上毛巾、毯子，连睡觉都要抱着。原来觉得不可思议，现在想起伯伯的挎包，就完全能理解了。

匠

（一）

过去农村的孩子如果不肯念书，长辈就会建议他们去学一门手艺。木匠、篾匠、石匠、铁匠、泥瓦匠、裁缝比较热门，骟猪匠、杀猪匠不大有人肯学。

其实，骟猪并不是没有技术含量、不受人尊重的工种。此事现在都由乡村兽医兼办，走村串户的专业骟匠早已消失，乡间大道上“骟猪骟牛”的婉转角声已成绝响。兽医也要种田，但人家有工资拿，算半个体制内的人，有事需要预约甚至再三催请。

一天，骟猪匠终于来了，和主人家寒暄两句，说：“把猪儿捉出来嘛，搞快点，坎上坎脚那几家也是今天。”壮劳力把猪揪出来摁倒在地，骟猪匠从腰上的皮套子里取出刀具。猪儿拼命挣扎，壮劳力使劲压制，骟猪匠淡定落刀，细娃们惊讶围观。顷刻，事毕，骟猪匠在猪屁股上来上一巴掌：“三百斤啊！”猪儿夺路而逃。骟猪匠轻轻一挥手，刀下之物悄然飞落房顶。男主人早已打来一盆热水，骟猪匠洗完手，接过纸烟进屋坐下。主客不谈六畜，只话桑麻。

不晓得是不是担心笑场刀下有闪失，劁猪匠好像都很严肃，总是板着脸，听到什么玩笑话也不过浅浅一笑。平常走在路上，好多人都认得劁猪匠，但很少有人和他打招呼，好像有点瞧不起的意思。劁猪匠也不要人瞧得起，依然目不斜视，走他的路。

豪迈的劁猪匠也不是没有。十多年前和一帮年轻人下乡，其中一人毕业于农校兽医专业。据他讲劁猪这个事很简单，就是“左脚扎住尾巴，右脚顶住三叉骨，右手执刀……”，一边说一边笑一边很职业地打量我，口水几乎喷到我脸上。我连忙说，你小子讲就行了，别那么看着我。

（二）

相比之下，杀猪匠（屠夫）受欢迎得多。女主人早就烧好了一大锅开水，“扯猪尾巴”的帮手也已经到位，大家正就各种话题大声地展开讨论。屠夫来了，一家人欢欢喜喜地迎出来。屠夫把一条长长的白铁棍（“梃肠”）使劲往地上一杵，吓得细娃们马上收住了嬉皮笑脸。

几个壮劳力揪住耳朵、尾巴，把肥猪拖向大条凳。见大限已到，猪儿大声嚎叫。猪儿怎么犟得过屠夫？屠夫只一刀，叫声慢慢变细，猪血汩汩流入一口大盆。屠夫在猪后脚切开一个小口，再用那条白铁棍在皮肉之间来回捅。随后，屠夫憋足一口气，使劲地往那个小口子里吹气，帮忙的人一边用木柴块在猪身上不停拍打，猪渐渐变得滚圆。然后，人们用开水给猪洗它一生唯一的澡。屠夫用一块铁片快速刨去猪毛……

狗平时自在潇洒，只在杀年猪这天显得格外单薄和猥琐，躲躲闪闪不时瞄一眼受难的肥猪，嘴上不知道在什么地方沾了点猪血。上了年纪的女主人在杀猪时藏了起来，说是“喂猪的人不看杀猪，看了喂不好”，其实可能是躲在某个角落悄悄抹泪。对她们来说，猪是牲畜，也是伙伴和宠物。

杀年猪了，亲朋好友少不了热乎乎吃上一顿，犒劳一年来的辛劳。酒足饭饱后，屠夫按主人要求默默地把肉切成条条块块。在主人眼里，猪肉是一年的收成和美食。在屠夫眼里，那不过是一种产品、一个工作对象。

（三）

劁猪匠、杀猪匠能当日事当日毕，不用在主人家过夜。木匠、篾匠活儿工期长，少则三五天，多则几个月，不能天天回家，必须住下来。

几天下来，粗笨的木料在木匠手里变成光洁整齐的板和条。又过了几天，这些零件又变成架子、凳子、箱子和柜子。当然，修房子属于大工程，又是另外一番景象。有一个“掌墨师”负责技术，职责相当于总工程师，拿着一个叫“样高”的长竹片在工地上反复巡视，解答大家的各种疑问。“掌墨师”手下十来个木匠分工协作，不停地劈、锯、刨、钻。

篾匠先要挑竹子，然后把砍回来的竹子划成细而匀的长条（篾片）。篾匠就用这些篾片织成背篓、花篮、撮箕、簸箕。一个篾匠一个风格，有的粗犷有的精巧。活儿干得好不好，其实也与主人家的伙食大有关系。如果产品实在看不上，主人来年就会另请高明。

匠人慢慢和主人一家熟了，有些热心的女主人便问匠人成家没，什么时候回家看老婆。年轻的木匠、篾匠会受到大姑娘、小媳妇围观，但他们目不斜视，把活儿干得加倍漂亮。

活儿干完了，该结工钱了，主人和匠人一番推让，有些匠人执意要少收一天的工钱以示谢忱。不过，也听说有些女主人颇有手段，能让匠人们空手而归，个中缘由外人就不便知道了。

有些年轻匠人通过外出干活儿成就了良缘，娶了主人家的姑娘。有的则不遂人愿。有一年亲戚家生小孩我们去吃酒，突然一个小伙子一声不响走进这家堂屋，嘴里说："三天不忌红丧！"大家留他吃饭，他不理会，带着诡异的笑容走了。有人说，这个人以前是个心灵手巧的木匠，在一家干活儿时迷上了主人家的姑娘。无奈这家父母死活不准，他被赶了出来，没多久就出问题了。

秤匠很偏门。我很小时家里请过一个秤匠，据说年轻时自己做过发电机，印过粮票，坐过牢。秤匠亲自在山中挑选挺直坚实的杂木，刨得匀称溜光。然后，又把一截铝线通过一块钻满孔的铁板反复拉到很细，再裁成小段准备做秤星。有一天吃饭时，秤匠跟我母亲讲："你屋里这个细娃好乖啊！"说着竟落下泪来。原来，他多年前离过一次婚，与女方结了很深的怨。秤匠恶狠狠地说，要做个鼎罐炸弹，从屋顶上丢进前妻家里。我听到后很害怕，就不怎么敢去看他干活儿了。

（四）

瓦匠应该属于陶瓷行业。做瓦需要炼泥、拉坯、烧窑，与做碗、做陶艺差不多。如果不是因为每片瓦都差不多一样，他们简直就是陶艺家。据说瓦匠有些特异功能，能披着蓑衣进瓦窑调整烧红的瓦坯，然后全身而退。为了对付有人居心不良搞破坏，瓦匠似乎还要会些法术。传说一个人路过瓦厂要借瓦匠的烟杆抽烟，瓦匠正在全力以赴地照看瓦窑，一时怠慢了来客。过路的人抽完烟把烟杆脑壳在瓦窑边磕了两下，一声不响地走了。瓦匠后来惊奇地发现，那次烧出来的每片瓦上都有两个烟杆脑壳印子。

铁匠一般是两个人合作，拿小锤的是师父，拿大锤的是下苦力的。小锤打哪里，大锤就拼命往哪里砸。小锤响两下，大锤就收住。小锤大锤的响声很有节奏，有人说听起来像“打点，吃点，打点，吃点”。还有人添了一句——“不打，吃什么”。打好的家伙要丢到水里淬火，有时在水里蘸一下马上取出来，有时又要泡很久。外行莫名其妙，铁匠好与不好，听说功夫全在这里了。

木匠分工很细，专业打桶子、盆子的叫“圆木匠”。农村以前给稻谷去壳的工具叫“擂子”，是用木头做的，原理跟石磨相仿佛。打“擂子”的木匠又叫“擂匠”。“擂子”不同于一般的工具，融入了较多机械原理。有些缺德的擂匠，嫌主人家待他不够周全，故意在擂子里留点 bug，让擂子转动时乱跳而不堪使用。主人无法可想，只得找回擂匠，请他吃顿饭，再送他瓶酒。擂匠略作调整，大手一挥：“没得问题哒！”问题真的就解决了。

解匠的工作是把木料锯成木板，两个人站在架空的木料两侧，各执“解锯”一端来回往复。其工作质量以木板平整为优，不平整为劣。如果锯偏了，一块板还没锯完锯子已经脱了木料，必为业界耻笑。解匠劳动强度大，饭量惊人。女主人要做饭了，男主人急忙吩咐：“多煮点米，解匠吃饭不比人哪！”

漆匠是从漆树上割漆的人。严格地讲，割漆只是一种日常农活，漆匠并不算一门手艺。漆匠在漆树上割一条树叶形的口子，下面安上蚌壳（笕子）。生漆流到蚌壳里，漆匠择期回收进竹筒，积少成多。漆匠虽不是专业人士，一身衣服倒是别致。因为手上、衣服上都会沾生漆，漆匠是脏活苦活，不能穿好的。以往农村人穿的本来就少，漆匠更应该穿最破最旧的衣服了。那身工作服沾满了生漆，不必洗也洗不掉，穿出来像犀利哥。文化人所说的“鹑衣百结”，说的大概就是这种情况吧。

老家河对面的山后面有几户人家姓刘。刘家的男女老少一个个清秀舒展，气质与众不同。听人讲，刘家祖上是“画儿匠”。能从事这个职业的，不用说一定是文化人了，我等崇拜景仰。

有朋友提议再说说石匠、皮匠。可惜我认识的石匠除了会打个石墩子外别无长技，实在微不足道。关于后者，我只知道“皮匠的锥子——当针”，不敢瞎说。

客

（一）

客和匠不一样，匠是技术工，是老老实实过日子的人。客是跑江湖的人，经常在外面晃，即使干的是正当营生，仍然有点不务正业的意思。当然了，客可能比匠更有见识，更有能耐，更能应付复杂局面。

小时候经常见到的是鸭子客。收秋之后，鸭子客赶着一两百鸭子，不停地游走，从一坝水田赶往另一坝水田。鸭子排成长队，迈着碎步向前摇摇摆摆地走，一边挤一边呱呱叫。鸭子客拿着一根焦黄的长竹竿，不时吆喝一声，把那些出队的鸭子给赶回来。鸭子进了水田，把头埋在泥水里不停地搜索，水田里嘻嘻哗哗一阵乱响。

鸭子晚上一般在一丘干田里过夜，周围用网子拦住。鸭子客自己住在旁边的一个鸭子棚。棚子是篾片织的，涂有桐油防水，里面有被子、锅碗。暮色降临，鸭子棚旁升起炊烟，一堆放牛娃好奇地围观，看鸭子客怎么招呼鸭子，吃什么东西，睡在哪里。一边看，一边想着自己的爹妈成天唠叨实在难受，如果自己也有这么个鸭子棚，晚上能住在外面那就好了。

听堂哥说，在鸭子走过的水田或者路上可能会捡到鸭蛋，他自己就捡到过。我不动声色地跟了好几趟，一无所获。

一群鸭子至少需要两个人照看。一人负责看鸭子，一人负责卖鸭蛋，并采购鸭子吃的苞谷、鸭子客自己的生活物资。

有一次，我们看到鸭子客正在做饭。一个中年男人从盆里捞出一把水酸菜，用一把生锈的刀使劲地切，砧板上水汩汩的。这时候，卖鸭蛋的那个鸭子客回来了，带回来一块五花肉。中年男人一把推开水酸菜，连说："搞肉！搞肉！"那两个鸭子客大概是鹤峰那边的，把"肉"说成一声，听起来怪腔怪调。

有一年冬天，我躺在田边稻草垛上晒太阳，抬头看见田那头好像有只鸭子。心想这只鸭子肯定是走丢了，如果能抓住，也许可以炖锅好汤。我轻手轻脚地走过去，一只灰色的鹭鸶扑地一声展翅高飞。

（二）

有朋友说，十多年前恩施偷东西的也叫"匠人"。配得上"匠人"称呼的，想必技术上已经十分老到，在业界有一定影响了。

我也听说，有人把扒手称作"客"。公交车上如果上来了这种人，司机想提醒乘客又不想惹麻烦，就会大声说："都往里面挤一哈啊，有客上来了。"

扒手作为一种职业，要经过严格训练。据说要反复在装满稻谷的桶里磨炼双手，还要练习用食指和中指从开水中夹肥皂片。总之，干这行意志要坚定，行动要迅速。现在那些吃这碗饭的，好多人只会用刀片蛮干，实在是有点后继无人的意思了。

三十多年前，机缘巧合，我们家住过三四个远方的客。我伯父到街上买苕秧，丢了二十五块钱，当时算笔大钱了。伯父找到住我们家附近的一个小伙子帮忙，他在那一行有点号召力，外地的同道要到我们那条街上开展业务，都要先跟他打招呼。小伙子很热心，钱很快就找回来了。经手这笔业务的是个外地客，有三四个同伴。

这些人因此和伯父一家熟了起来，晚上就住在我们家一间小黑屋里。那间屋里有一口装粮食的大缸，我母亲生怕他们下手，但是一点事也没有。有一天，一个国家干部来访，这些人赶紧躲进小黑屋，直到干部走了才出来。

几个小伙子眉清目秀，显得很精干，也不怎么说话。其中一个年纪小一点的，没事时经常把一根三四尺长的木棍舞得呼呼响。我们家里人以为那帮人都会武功，又好奇又害怕。

1983 年严打，本地客被判了十年，几个外地客不知所终。我上高中时，本地客出来了，刚开始无所事事到处闲逛。一次看到人家数钱，他开玩笑地抽了一张，数钱的人竟浑然不觉。本地客的来历年青一代很少有人知道，在一场赌局中他被毛头小子出手教训居然无力反抗。本地客当年的彪悍已被时光消磨，一个时代已经远去。

（三）

牛客是真正的生意人，把人家的牛买来，再高价卖给另外一家。

牛客在乡邻眼里是能人。牛是农村人的重要财产，牛生意是大买卖，交易金额成百上千。牛客对牛了如指掌，善于察言观色，能在买牛时尽量挑毛病，在卖牛时拼命讲优点。如果能在互相激辩时在气势上压住别人，那几乎就是一个完美的牛客了。

牛肩上、背上某个部位的毛会打圈，叫“旋”。人要讲相貌，牛要讲“旋水”。据说如果牛的“旋水”不好，主人就要败家。有些有办法的牛客，买到了“旋水”不好的牛，就用刷子蘸上松树油，把不好的旋给抹顺，然后在合适的地方用刷子按住使劲一拧，给做出旋来。然后，几个人牵着这头牛到没人认识自己的偏远村子卖掉，拿到钱后掉头暴走。如果买牛的那家发现上当追了上来，事情能不能摆平，就要看牛客的本事了。

有时为了买卖一头牛，牛客要牵着牛慢悠悠走上好几天，晚上随便找户人家住。遇到人搭话，牛就抓住机会吃几口草。

有一年，我们家养的一头黑牯牛老了，家里商量要卖掉。我姑父和几个朋友说一百多里外的来凤县城有个兴旺的牛市，到那里可以卖个好价钱。我哥兴致勃勃地跟他们出了趟远门。一路上大家非常快乐，白天牵牛赶路，晚上喝酒，讲故事，唱丧歌。几天后那头老牛果然在来凤牛市上卖了个好价钱，几个人高高兴兴地回来，述说沿途的见闻。其中一个老头儿是个酒渣鼻，那是我第一次看到那种红鼻子，现在还没忘记。

（四）

还在搞大集体时，两位老者跟我们讲过他们年轻时混江湖的故事。其中一位讲，他年轻时和别人出去杀人，一马刀从头顶划到屁股沟。另外一位身材高大，骨格清奇，眼窝深陷，经常在歇气时跟大家讲故事。讲到精彩处站起来，提提裤子接着讲。

听父辈说，这些人都做过“刀刀客”。刀刀客就是职业杀手，拿人钱财替人消灾。也有人讲，以上两位虽然有些功夫和经历，但并不是真正的刀刀客，只不过跟刀刀客混过几回。

我祖父年轻时在街上走，后面有人一刀递过来，有好心人一把抱住刀刀客，他趁机脱身。用刀的动作不叫“杀”叫“递”。刀刀客的武器一般是“杆子”，其实就是长矛。小时候家里有一架老床，床底下有一个“杆子”的刀头，有一尺来长。“杆子”可以刺、扫、挑，好用。

盛家坝最出名的刀刀客姓吴，住在我外婆家附近。在我外婆眼里，那个刀刀客就是侠士。吴氏虽有威名，却从不欺负普通人，知道老百姓怕他，甚至会主动给人让路。吴氏与人有过节，别人设宴请他，酒饭过后出门时，被人挥来一刀，脑袋滚落在碓窝里。有人夸张地描述，说脑袋掉在碓窝里，嘴里还在嚼着肉。

农村经常有些外地人走村串户卖东西。有一年，突然来了一帮卖铁锅的，在我们旁边一户人家摆开场子大声叫卖。为了证明锅很结实，他们用锄头哐啷哐啷地砸锅。为了证明锅很好用，他们用一堆火柴把锅烧烫。奇怪的是，卖锅的并不收现钱。他们说：“等苞谷八块钱一斤、红苕五块钱一斤了就来收钱。”三十多年过去了，那帮人到现在都没来收钱。

据说新中国成立前有些乡村突然来了些卖针线的，有人说那些人是解放军的先遣队，专门进村搞调查的。我伯父讲，那时很多人在很多地方看到过几个古怪的人。第一个拿起一块米糕吃一口，喊：“吃了的是糕啊！”第二个拿起一个红苕啃一口后丢掉，喊：“不吃的是苕啊！”第三个抓一把石灰撒在地上，喊：“白搞哒！白搞哒！”第四个拿一把扫帚，把石灰扫干净。

用现在的话讲，那就是快闪嘛。

城　门

烟水南庄

（一）

过年前后，南庄江边、河涌、池塘里的青蛙开始一起鼓噪，声音一阵高过一阵。

去年冬天，家乡的老同事在电话里问我这边有没有地方钓鱼，如果有鱼可钓，他想以后每年下来住一段时间，恩施冬天太冷了。我说我就住在江边，鱼到处都是。

几年前刚搬到南庄的时候，我和老婆周末到院子后面的江边闲逛，看到江里有成群的大小鱼儿游动，心里想，如果有一个带长柄的网子就好了。我们马上买了一个，轻手轻脚地走到河边，朝鱼最多的地方伸过去。鱼飞快地游走了，一点儿也不傻，要不然它们早就不在那里了。后来，我又置办了钓鱼竿，钓了几条小银鱼，发现自己根本不是钓鱼的那块料。江里有很多渔船，经常打上来十来斤一条的生鱼。那种鱼鼻子上都有鳞片，看着有点让人害怕。

南庄是个水乡，北江在我们上游罗村分出东平河，在我们住的地方分出吉利涌。东平河和吉利涌把南庄的一部分围成一个岛。北江和吉利涌又把南庄的另一部分围成一个半岛，我们就住在半岛的头上。

北江发源于江西，流经韶关、清远、三水、禅城、番禺，在南沙汇入珠江口，经过南庄、顺德的这一段叫顺德水道。

南庄河网密布，小船曾经是主要的交通工具。大概是2007年，我和同事费了很大周折跑到罗南隆庆古村看水上婚礼，看着人家用一条小木船就把新娘子娶回来了。隆庆古村是个幽静的村落，与我们现在住的地方隔吉利涌相望，里面有个生态园，带着娃可以在里面玩半天。

我们旁边的村子叫龙津村，百分之九十以上的村民姓廖，村子里有个竖功名旗杆的地方，有人考取过进士。我开玩笑说要在村子里攀一门亲戚，让儿子就在村子里娶个老婆，以此来推进我们的本土化策略。

十年前初到南庄时，南庄大道两侧的陶瓷厂尚未拆除，空气当中弥漫着陶瓷厂特有的煤焦油味道，天空总是迷迷蒙蒙。这几年，南庄的陶瓷厂都搬得差不多了，没搬走的基本都用上了天然气，空气也好了很多。

2008年前后，单位有些动荡，我想我迟早会在陶瓷企业混饭吃，不如早作打算。南庄有两大陶瓷专业市场，如果没有意外，我可能会在某个企业落脚，于是开始留意这边的房子。

佛山万科城这块地方原来是一家大型铝型材厂，开始并不受人关注。在看了几处楼盘后，我们转到了这里。当天刚下过雨，有点微风，广场上的棕榈树挺拔轩昂。广场外江堤边的“情人港”，新铺的木板，新装的灯，干净整洁。江面很开阔，有点海的感觉。从此，我们没到其他地方看过房子。

（二）

机缘巧合，我最终没在陶瓷企业谋职，现在上班的地方离家十六公里。住南庄比较偏，不过可以忍受。虽然不得不在城市生活，但我好像从来不懂得城市的好处，住在那种一出门就是马路、餐馆和商场的地方有点无法想象。我渴望每天都能看到野花野草，听到虫鸣鸟叫。万科城不乡不城，正好适合我这种不甘心被城市化的乡下人。

南庄一些地方保留了“赶圩”的传统，离我们最近的是吉利圩，一四七逢圩。

赶圩和恩施赶场几乎一模一样。街上临时搭满了架子，挂满了各种时尚而粗糙的服装。地摊上摆着锄头、镰刀、菜刀、磨石、菜种、菜秧、农药、化肥、鼠笼、粘鼠胶、鱼篓、蒲扇、斗笠……卖手机、服装的地方音响一家比一家嘹亮。还有一些外地卖药的，肮脏的布上摆着几对羚羊角、一个虎爪，药酒罐里盘着一堆蛇。去年秋天还有外地人摆卖各种蜂巢，野蜂乱飞，蜂蛹蠕动。

圩市上人来人往，操着各种口音。狗也来凑热闹，一条狗伸长脖子定定地朝巷子那头望，好像被另一头那条狗的才学品貌所吸引。

拥堵的马路上挤过一辆辆车，路虎、卡宴不时招摇过市。香车美女、豪车帅哥多半只是传说，开好车的好多是矮胖、微秃的中老年男人。

（三）

这边的春天大概从黄桷树脱掉老叶抽出新芽开始，到叶子由嫩绿变为墨绿为止，只有短短两三周时间。气温很快升到 26 摄氏度以上，脱掉外套可以直接穿短袖，长袖衬衫一件可以穿很多年。

春天里紫荆花比较明媚，但叶子不够精神。木棉是非洲猴面包树的远亲，树干粗如水桶，花朵大如碗口，盛开时红彤彤一大片，其美在于规模。桃花也有，不过是人工栽培仅供观赏的品种，与能结果的桃花不一样，花是复瓣的，看起来不大对劲。

当闻到空气中有种发酵的味道时，桑葚也熟了。我们旁边有一大片桑园，据说是华南农业大学研制的新品种。去年带着儿子去摘桑葚，入园费每人二十块，桑葚三十块一斤。我们忙了半天，摘了两三斤。出来时，那几个看园子的喝桑葚酒喝得醉醺醺的，为首的大哥一挥手："才摘了这么一点啊？算啦算啦，不收钱啦！"

周末我经常带着老人孩子到处乱转，南庄的几个村子被我们转了好几遍。在村子里，我们看到好几个人抱不过来的木棉、菩提和榕树，还有好多端严肃静的祠堂。女人抱着孩子在村子里穿行，老人光着膀子趿着拖鞋在大树下发呆，中年男人跳到河涌里打理他的渔网。

在村尾村后面的江堤内有一大片鱼塘，多年前工业化尚未波及时，南庄有很多桑基鱼塘，农民养鱼、种桑、养蚕，吉利圩上还有一个叫茧厂的地方。

佛山有些小地名很霸气。朋友发给我一个账号，开户行是"佛山农商行青海支行"，我说佛山农商行的商业版图可真大啊，他说人家还有海口支行呢。“海口”就是石湾的一个小村子。西樵大桥旁边的“藤冲”是个安静的小山岗，江边有几个油码头，还有一大片野芭蕉林。有一天，我们在江边捡到七十块钱。江对面的西樵山是个5A级景区，在佛山人心目中地位很高，流传着樵夫和美女的动人故事。呵呵，古时候那些打柴的小子运气真不错啊。珠三角山少，一座小山即可成名，儒、释、道争相设立据点。恩施随便一座山，搬到这边都可以做老大。

顺江而下，可以看到很多古韵悠长的小村子。有年正月初五，我一个人开车在江堤上逛，在堤外一处香蕉林里见到几间小砖房，听到里面传出小孩的哭闹声。堤上有几个人穿着新衣服，手里提着东西，意态安闲。我很想到小房子里看一眼，看看广东乡下如何过年。

我经常站在“情人港”前面的小码头向上游望。即使天气好，江面也有种烟水迷茫的感觉，有时让人有瞬间的恍惚感：这是哪里？我怎么在这里？要揉揉眼才能回过神来。

种菜

乡下人梦想在城里有套房，城里人梦想在乡下有块地。如果在城里有套房，又有块地，那就两全其美了。

南庄万科城旁边吉利涌的河滩上，有几十亩菜地。三年前搬进万科的时候，那里还是片荒滩，野草有一人多高。经过邻居们孜孜不倦的劳动，如今这里已是阡陌纵横，绿意盎然。

我本来对种菜没什么兴趣，觉得一个原来就是种地的人，奋斗了十几年，好不容易进了城，还要继续种地，真有点想不通。但老人家不这么想。岳母去年刚从老家来时，看到邻居家都有菜地，便经常念叨：哪家开了一块地，哪家白菜可以吃了，哪家老太太送了一把菠菜给我们家小孩吃，几座几楼的婆婆说她家菜地旁还有空地，如果我们要可以给我们留着……

扼杀人的梦想是残忍的。于是，没多久，我们家也有了块小小的菜地，种上了空心菜、莜麦菜、菠菜、蒜苗……老人家勤勤恳恳，尽心尽力，每天锄草、浇水，神采焕发。

更重要的是，老人家在菜地里交了一批朋友，大家用非常不标准的普通话聊家常，一边聊一边比画。为了区分这些新朋友，岳母很智慧地给他们起了不同的名字：以地域命名的——“本地老头子”“本地老婆婆”；以身材命名的——“高老婆婆”；以姓氏命名的——“赵老婆婆”；以小孩命名的——“童童婆婆”；以职业命名的——“医生”……

时间长了，大家有了进一步了解，比如：“本地老头子”是个退休干部，比较坚持原则，有次他家菜地里发现只死老鼠，他老伴儿正想随手扔进吉利涌，被他喝止，非让就地掩埋不可。“本地老婆婆”面相有些凶，说的话外地人又听不懂，其实呢，是个好人。“高老婆婆”家里好有钱，在万科买了一大套房，也就种菜时才过来一趟。“童童婆婆”在这边住不惯，经常悄悄地说其实很想回贵州老家。“医生”这个人有点怪，经常开台破车过来种菜，破车里还铺着床被子，不知道是不是晚上就睡在那破车里……

当初，不想让家里人在河边种菜，一个重要原因是怕老人家们争夺地盘，发生纠纷。果然，一天下午，一个四十多岁的壮男跑到菜地边宣示主权，说我们家种的那块地其实是他两年前开垦出来的，望我们念及拓荒者的艰辛，把地交还给他。岳母据理力争，说两年前开的地后来这么久没种已经不算了，现在谁种就是谁的。壮男见说不过，只好叽叽咕咕，悻悻而去。

没过多久，自家的菜地就出产了，果然比菜市场卖的好吃。菠菜只够不满周岁的儿子吃。莜麦菜倒是长势喜人，有段时间我们家天天吃它，吃得人脸都快绿了。邻居们纷纷以自给有余的蔬菜互相馈赠，小社会一派和谐。

今年五月，我们回了趟湖北，岳母和孩子留在了老家。六月，老婆也回了湖北，走之前将黄瓜、茄子、辣椒、节瓜等郑重托付给我。六月上旬，“高老婆婆”传出内部消息，说南庄水利所表示，汛期将至，种菜不利于行洪，要把菜地通通铲平，时间大约定在六月二十一日。过了几天，“高老婆婆”再次传出内部消息，说不铲了，警报解除，虚惊一场。只是她家的种的高粱被截掉了一米高以上的部分，据说河滩上不能有高过一米的植物。原因呢？那是王八的屁股——龟腚（规定）。

老婆在老家几次让我报告菜的长势。我说去看过几次，也浇过几次水，黄瓜架上结了几根歪瓜，已经被我凉拌了，茄子也结了，不过营养不良，长得比歪黄瓜更难看。老婆说：施肥！要施肥！又问：那节瓜呢？我说前几天还健在，没舍得吃，已经快长到开水瓶那么粗了，今天再去看，不知道被哪个好心人摘掉了，因为再长就老了，不好吃了。

六月下旬，连日暴雨，河水越涨越高，渐渐漫上河滩。一开始邻居们还准备抢救，后来且战且退，最后只好放弃。

半个月后，河水落下去了，邻居们开始组织生产自救。老婆带着儿子回来了，从淤泥中刨出锄头、镰刀等农具，说什么这块地要是我们不种，就归别人了，实在可惜，那架势好比“保钓”。劝了几次都劝不住，只好作罢。随伊去吧，种菜总比偷菜好，您说呢？

戒烟

十一月份了，又快到写年度总结的时候了，但本人今年的总结似乎不如去年好写。为啥？因为亮点不够。去年还有四个亮点：买房、娶妻、学车、跳槽。今年呢？虽说咱们国家大事不少，比如说重庆打黑、北京扫黄、上海世博、广州亚运……不过这些大事均非本人所为。想来想去，2010年的亮点只有一个——戒烟。

5月15日开始戒烟，到11月15日刚好半年，目前不抽、不想、不羡慕、不渴望，大功基本告成。

有些人戒烟，在百度发帖，曰："本人今日起戒烟，立帖为誓！"并每天顶一下自己，一为表明心迹，二为广开言路、接受监督。搞笑的是，能坚持20天的不多，50天的比较少，一年以上的更为罕见。哪天楼主自己不顶了，就极有可能是顶不住了、破戒了，留下楼主极大的幻灭和围观群众无尽的奚落。

说来惭愧，本人戒烟没这么费事，只在QQ签名留下四条记录："戒烟两月整，要不要弄盒软中华庆祝一下？"（7月15日）"戒烟三个月！"（8月23日）"戒烟四个月！"（9月7日）"万恶烟为首，百善笑为先。"（9月17日）言语间不免沾沾自喜，因为这半年来我真的几乎一根没抽。说“几乎”没抽，是因为戒烟大约10天后的一个周末，和内人吵过一小架后，偷偷抽过几口（小半根）。

马克·吐温说：“戒烟有什么难？我已经戒过一千次。”不知有多少人屡戒不断，本人亦未能免俗。大约十年前的一个年关，本人和挚友相约戒烟，还特地立下“誓言”：“钟某某和向某某当天发誓，于某年某月某日起，戒除烟瘾。从此以往，莫说红塔山，就是软中华，亦决不染指！”两人还签名、摁下红手印，以示决绝。不记得这次戒烟持续了多久，倒是没过几天，本人因无证贩运鞭炮，不慎让公安局拿下，被讯问了一通，还在笔录上摁了手印。在“戒烟誓言”上签名、摁手印，好像一个不好的兆头，要知道在此之前，本人从未在什么地方摁过红手印。前些年在广州混，有段日子穷得叮当乱响，断断续续地又戒了差不多一年。现在想起来，那根本就不叫“戒”，只能叫“不抽”，纯属被迫。

今年戒烟，开始是因生儿育女需要“封山育林”，极不情愿，后来才变成一种自觉。戒烟伊始，烦躁难耐不算，还有办公室的“烟党”不断动之以情：“哎呀，戒什么烟啊，什么都戒了，人这一辈子还有什么乐趣？”

老实说，除了不再被内人责骂，本人并没有感受到戒烟带来的明显好处。健康？戒烟后咽喉好像更加不爽。省钱？我有几个前辈，一辈子不抽，比我还穷。所以，我总担心有一天再次破戒。有好几次做梦抽烟，梦里都很陶醉，过后禁不住痛心疾首：“坏了！坏了！我破戒了！看看我这点出息！”

不抽的理由至多也不过十条，而抽的理由肯定不下一百条。一小屁孩躲在厕所里抽烟，被老师逮到，老师问他为什么要抽，他说：“祖国未统一，心情很郁闷。”

相面

我至少有三次成功相面的经验，曾在极小的范围内得到认可。

第一次，我老同学拿她们家四姐妹的照片给我看，我说：“你让我猜猜四个人的性格。”他说好。我的猜测如下：老大“圣母般包容”；老二“颇有心机”；老四“想怎么样，我又不怕你”；老三（也就是我那位同学）“你们怎么样都不关我事，我才不管呢”。同学（也就是老三）道：“很准很客观，高！”

第二次，内人以大学室友的合影示余。有了上次小小的成功，不免技痒。一番端详，逐一点评后，内人称：“百分之八十五吧！”

第三次，一哥们带他最近交的女友来我家探望，事后打电话问我“伊人如何”，我说应该比较能干。哥们说：“那当然，她在家里是老大。”

有了这样的几次经历，不免有些沾沾自喜，觉得自己虽身无长技，但至少眼光独到，因此并非一无是处。

不过仔细想想，这点小技实在不值得骄傲。去年买沙发的时候，店家送的一本小册子上说“真皮是动物一生的记录，如蚊虫叮咬、打斗、碰、擦……”，而人的脸不就是一张“真皮”吗？一张老脸，喜怒哀乐、酸甜苦辣都写在上面了：比尔·盖茨大抵很少苦瓜脸；满脸哭相者，大约没过几天舒心日子：终日田间劳作如我父辈者，春风满面的日子一定屈指可数……所谓“相由心生”，人不应该视而不见。

看一眼对面走过来的人，这个人是营养不良、睡眠不佳，还是思虑过度、烟酒无节，是纠结郁闷，还是志得意满，应该大体心里有谱。有一定人生经验者，都会察言观色，都能“相面”；如果人生经验相仿佛，“英雄所见”亦会“略同”。

有一段时间，我在路上老遇见一个女的，面相还算端庄，但满脸严肃，目光犀利，几乎从来不笑，普通话字正腔圆，看样子好像随时准备给人吩咐工作。说实话，我并不认为她难看，我只觉得，长这么一张脸，真的让人有压力！

我还觉得，这个女的有点像我哥们新交的那个女友。所以，我赶紧给那哥们儿打电话：“兄弟，那个事，你可得看准了再下手啊！”

给娃取名

家里要添丁了，取名的事很让人纠结。

我是“育”字辈，娃是“进”字辈。按理说，名不难取，比如说“进步”“进阶”“进德”，都有比较积极的意义，只是稍嫌普通。

我姓“钟”，如果不按字派给娃取名，有许多足够大气的名字备选。有段时间我的 QQ 签名为“是儿子就叫钟石油，是女儿就叫钟石化，给老子点力！”我好像快成“钟石油”或“钟石化”他爹了。同理，娃还可以叫“钟移动”“钟联通”……在法律和政策上想必都不会有什么不妥。但我的娃不过是个穷二代，穿上龙袍也不像太子。听起来这么牛的名字，除了一辈子引人奚落，终究于事无补。

网上有人杜撰，给娃取名“女诗经，男楚辞；文论语，武周易”，于是立马淘来《诗经》《楚辞》最可靠、最有亲和力的注本，却看得人只想睡觉，不得要领。“林徽因”“梁思成”那样的好名字真是可遇不可求。

无奈之下，又想以史为鉴，想想各朝各代都有哪些钟姓名人。在下浅薄，只知道有一个写字的叫“钟繇”，有一个造反的叫“钟相”。我觉得两位先辈的名字都无甚讲究，或者确有妙处，但我不懂。

娃下个月就要出世了，我已经断断续续想了七八个月，到了必须下决心的时候，依然一无所得。

在一个无眠的五更，我想，如果没有更好的想法、没有人提不同意见，不如就给娃取名“进一”吧。至少有以下几点自圆其说的理由：

一、比起“进步”“进阶”“进德”，“进一”似乎更有容量，还有点理趣，因而也显得有文化。

二、所谓“望子成龙”，父辈没有不希望子女比自己厉害的。如果娃出息小，我期望他能在我的基础上“进一”小步；如果娃出息大，我期望他能像打算盘“一去九进一、二去八进一……”那样“进一”大步，也就是万向集团鲁冠球所说的“奋斗十年添个零”的意思。

三、当然，在我太老的时候，如果我的娃能“进一”点贡，我想我没有理由拒绝。

四、那时传说国家计划生育政策在不久的将来会有所松动。如果不想费事，那么老大叫“进一”，接下来的就叫“进二”“进三”，以此类推。（我表哥家兄弟姐妹十个，最末两个实在懒得折腾了，直接叫“×九”“×十”。）

五、此外，还有点小小的寄托，希望儿辈们能有幸看到中国足球在世界杯决赛阶段“进一”球。

那么，“进一”有什么不尽如人意之处？自从重庆出了个“李一”道长，名字叫“×一”的效果可能会打点折扣。我的娃本来可以叫

“钟进一”，现在要把他娘的姓也加进去，叫“钟阳进一”，重重地和“李一”划个界。

但是，“钟阳进一”又确实有点像日本人的名字。可能以后每次开家长会的时候，我都得把上述理由重申一遍，以免我的娃在学校里受鄙视。

与稚子聊天

稚子两岁五个月，除了能胡说八道，别无长处。某天晚上，他因弄电插座手上挨了两巴掌，好像有些不服气。下面是我们睡前在床上的对话。

“进一，以后还弄不弄电插头啊？”

“电死你们！”

“把我们电死了，谁给你赚钱买牛奶啊？”

“自己赚钱。”

“你怎么赚钱？”

“在公司赚钱。”

“你的公司在哪里啊？”

“在南庄医院那边。”

“你上班搞什么工作啊？”

“搞老同事。”

“进一，我们送你去上学好不好？”

“好！”

“你喜欢念书吗？”

“喜欢。”

“你念过大学没有啊？”

“念过。”

“念过几年啊？”

“一二三四。没有了！”

“你在江湖上有没有地位啊？”

“没有。”

“你有几个小兄弟啊？”

“没有。”

……

“找他们算账。”

“找谁算账？跟他们有仇吗？”

“恩将仇报。”

……

“你老婆呢？去哪里了？”

“老婆打工去了，我不要他在这里睡觉，哈哈哈哈！”

……

来自文东社区的问候

大约从2008年年初起，我开始陆陆续续收到佛山市禅城区祖庙文东社区居委会的短信。有些短信温馨、有趣，又使人哭笑不得，我不忍删去，后来就存下了几条。

2008年11月11日："你好，禅城区政府免费为适龄妇女（35—69岁）乳腺癌筛查即将结束，最后检查时间为本周四全天，周六上午，届时请携带本人身份证到佛山妇幼保健院四楼体检中心检查，无须挂号。请相互转知，谢谢！"

11月20日："你好，即近年尾，各类不法分子日渐活跃，请各家各户小心门户，防水，防火，防盗，注意安全。邻里街坊之间互相关照，携手共建平安和谐社区。谢谢！"

12月22日："你好，请于2008年12月25日来居委会参加妇检，时间下午2：30至下午5：30，晚上6：30至9：00。（请携带本人身份证、计划生育服务证，提前饮3—5杯水。）谢谢您的支持。"

2009年2月9日："元宵佳节闹花灯，灯红人喜庆佳节，值此元宵佳节来临之际，祝您和家人节日快乐，一天更比一天好！"

……

收到这些短信，我没有感觉受到了骚扰，反而有点受宠若惊。收到查环查孕的通知后，有时候我会念给同事们听，女同事一个个笑得花枝乱颤，给沉闷的生活平添了许多快乐。

随着收到的短信越来越多，我判断：（1）文东社区一定是弄错了，因为我一个大男人，绝无“妇检”之必要；（2）我手机号码的原机主（或者他们短信本来的目标）是住在祖庙的文东社区的女人，而且是育龄妇女。

想到这些，我作为一个外地来的打工仔，就有了些许分享了只属于本地居民福利的不安，虽说仅仅是几条短信。我本想打电话告诉文东社区，我是外地人，而且是男的，但所有短信都没有留电话，我又懒得费那个劲去查，只得不了了之。

直到今年妇女节，也就是 3 月 8 日，我接到一个电话，一个女同志说是文东社区居委会的，找“李 × 霞”。我说：“不好意思，我不是‘李 × 霞’，也不住文东社区。”对方讪讪地吱唔：“哦，弄错了。”匆匆挂了电话。

从此，我再也没有收到来自文东社区的问候。

现在，只要想到我不是“李 × 霞”，每次心里都会有一丝失落、嫉妒。

钻木取火

上星期天和这星期六，陪进一同学看《荒野求生》，人家德哥好像没费什么工夫就取了火，我们决定也尝试一番。事情成了，高兴。

我坚信钻木可以取火，并不是因为《荒野求生》，而是因为差不多四十年前的惊奇一幕。当年我们家靠猪圈那头有间堆柴草的空屋，进一同学的大伯才十几岁，我比进一同学现在的年纪还要小一点。有一天，进一同学的大伯搓了一根拇指大的棕索子，可能是想这根索子看起来紧致光洁一些，他把这根索子套到空屋的柱头上"噗——噗——噗——"一来一回地扯。没几个来回，一阵灰尘过后，便冒出一缕白烟。这个磨断柱头倾覆家园的举动被父亲大声喝止，柱头上留下了滚烫的勒痕。

西樵大桥桥头有个地方叫藤涌，旁边有个废弃的油码头，江边长有一种叫不出名字的豆子，进一同学叫它"摘豆豆的地方"。前段时间忙，我们好久没去那里了。上个星期天再去的时候，没想到这个以前不怎么有人去的地方已经有了不少人，很多人聚在油码头上钓鱼。我们找了一大一小两截枯木，在大的上用碎瓷砖钻一个坑，把小的在水泥砖上磨圆磨尖当钻杆，憋住一大口气，双手捧住钻杆顶住那个坑使劲搓，心想功夫到了，就有火了。我先搓，进一娘接力，进一同学也帮忙。然而，除了搓下一些木屑、钻头发烫外，并没有起火的迹象。钻杆需要持续地转动，手搓烂恐怕也搓不出火，得靠机械。如果有根绳子绑在钻头上，来回拉转钻头，就省力多了。但荒郊野外哪有绳子？我无奈地抽下鞋带，中间绑住钻杆，两头绑在一根树枝上，做成弦弓。装备改进了，信心大增，摆开架势，双脚踩住枯木，一手扶住钻杆，一手抓住弦弓使劲扯，没多久就飘出一股木柴烤焦的味道。这种小时候就熟悉的味道令人振奋，但是并没有冒烟起火。

江堤上不时有人停下来观摩这一古怪的场景。有的问："你们要钻木取火啊？"有的关切地说："我有打火机啊！"进一同学很失望："我已经没有信心了！"这孩子也真是的，宁搅千江水，莫动道人心！

不知不觉间，太阳已偏西。我们站起来，用有些红肿的双手拍拍满身的灰，遗憾地离开了"摘豆豆的地方"，在江边又捡到一块方正的松木板。

我上网查过了，淘宝上有钻木取火的工具，是一张弦弓、一根钻杆、一片打好孔的白松木。小时候我就见过，农村的木匠钻孔的工具叫"扯钻"。钻杆上有根绳子连着中间打横的木片，按住木片一上一下，"扯钻"就呼呼转。如果把钻头换成木的，钻出火来想必不难。制造"扯钻"的材料网上应该也买得到。不管是买成套装备，还是买材料自己组装，都违背了钻木取火的初衷。做这个实验就是要因陋就简钻出火来，除非要专门做表演，或者以贩卖这种玩意儿为生。

当然，改良一下装备还是很有必要的。回到家里，我马上检视了一下。不知为什么家里有一把线锯，有钢筋可做现成的弓。我们差不多一年才做一次面食，却有三根没有启用的擀面杖，都是买揉面机、揉面板等东西店家送的，正好可以挑一根最好的做钻杆。取火的时候钻杆必须压紧，有个几年没用过的捣蒜小擂钵好像可以发挥余热。

星期六，阳光明媚。我们在小区后面的江堤上开始第二次钻木取火实验，居然成功了。材料：擀面杖钻头，鞋带弦，钢筋弓，松木板，小毛巾。经验：多吃点饭，用毛巾使劲摁住钻头，拼老命拉，最好一人压钻杆一人拉弓，拉到冒青烟，实在坚持不住了还要坚持至少一分钟，直到钻出一堆黑色粉末。然后把这些宝贝粉末轻轻倒在干棕丝团上，小心地吹口仙气，喊声“要有火”，就有了火。

火灭了，歇了一会儿后，我们想重复一次实验，拼尽了全力也只拉到冒烟。这让刚刚经历的成功变得有些不真实。此时，早上吃的高仿武汉热干面已消耗殆尽。

晚餐时，我问进一同学：“钻木取火的故事告诉我们什么道理呀？”他说：“要坚持，不要放弃。”

哦，呵呵！

山顶洞人早已掌握的技能，我们做起来如此艰难，却如此有成就感。祖先若有灵，一定在天堂一角狡黠地偷笑吧？

牡丹鹦鹉

进一的同桌小明同学家里养了只鹩哥，听说很好玩。进一经常和小明同学讨论养鸟的各种事情，还到小明同学家里观摩过一次。

后来小明同学家的鹩哥成了进一写不出作文的原因，他时常惆怅地说："怎么写啊？鸟都没有！"

原本没打算养鸟，房子小，没地方搁，也不怎么喜欢小动物。光进一喜欢有什么用？大部分男人喜欢的婴儿，是吃饱、拉干净、睡醒了的，进一对小动物的喜欢，就属于这个类型。以前家里养过金鱼、乌龟、蚕，投食、换水、清理粪便这些粗活儿进一基本不干，偶尔干一次就像立了大功。

别人有鸟而自己没有的日子，进一很不开心。

大概是六月上旬的一天下班回家，见进一和他妈都眉开眼笑。还以为那天是过什么节，原来是家里买了一对鸟。鸟全身翠绿，规规矩矩地站在横杆上。笼子是细钢丝做的，喷了绿漆，共三层，轻钢小别墅那种造型，里面有装水和食物的盒子。

进一介绍，这叫牡丹鹦鹉，一公一母，又叫情侣鹦鹉，它们吃草籽、蔬菜、果皮，不吃肉，不会说话。

两只鸟经常挨挨擦擦挤在一起，很恩爱的样子。吃草籽时先叨一粒，嘴巴一阵嘁嘁嚓嚓，吐壳，下咽。早上六七点和中午时分，它们会叽叽喳喳地叫，一点儿也不婉转。

这种没有什么章法的鸟叫，让我想起二十多年前刚上班的时候乡政府宿舍“全老辈子”养那只鸟，每天都要高叫几番：Yun—xiuhui——！ Yun—xiuhui——！ Yun—xiuhui——！ 鸟在六楼，Yunxiuhui 住在一楼，是乡政府办公室主任。都说鸟是在喊他，他也觉得像，跟着大家一起笑。有人问：“全老辈子，你的鸟叫得这么起劲，喂的什么好东西？”“全老辈子”眼皮都不抬：“苞谷子！哪有好东西喂它——哦！”有人觉得不公平：“就吃你几颗苞谷子！要是我，我跟你叫个球！”“全老辈子”有点不爽：“又没得哪个要你叫，你不叫就是。”

两只鸟都怯生生的，见人伸手就往后退。在笼子上挂菜叶，它们就弯着头、斜着身子躲，生怕被碰到了。天一黑它们就睡了，眯着白色眼皮，脑袋一点点垂下去，再抬起来，张开眼皮，再垂下去，合上眼皮，后来就蹲在杆子上不动了。

一个周末的中午，看到一只鸟扑腾翅膀练习飞行。心想这些笼子里长大的鸟怪可怜的，白长了一对翅膀，一辈子也用不上。没过多久，一天下班，见笼子里的鸟只剩下了一只，进一哭丧着脸一言不发。原来另一只鸟趁他打开笼子换水时飞走了。难怪说，机会总是留给那些有准备的鸟的。

逃走的是母鸟，公鸟爱叫，母鸟不怎么叫。单身的鹦鹉变得很烦躁，见人靠近就马上蓬起浑身的毛。如果把手指伸进笼子，它就使劲啄、使劲拧。它不再早睡，什么时候都睁着眼，警惕地观察周边的动静。

这只鸟独踞轻钢小别墅一两个月，慢慢变得温顺起来，和人混得很熟。它让人抚摸羽毛，轻轻啄人的手。暑假期间，进一跟她妈去了外地几天。一天晚上，我小心地把鸟放了出来，它飞到我手上，微微颤抖，有点紧张，但并没有要逃走的意思。

又过了一段时间，这只鸟又开始有些不安，不停地叫，用嘴拱笼子。

开学后几天，进一妈带回一个大笼子、一只母鸟。原来的小笼子像别墅，大笼子更像城堡，配有大草窝、沙浴室。公鸟一进大笼子，就追得母鸟到处跑，又啄住母鸟头上的毛，双脚踩到它背上。进一惊呼："不会吧！这么快啊！"

然而两只鸟并不和谐。母鸟喜欢静静地待在窝里，公鸟喜欢站在木杆上。母鸟晚上早早就在窝里睡了，公鸟远远地蹲在木杆上打瞌睡。公鸟总是欺负母鸟，动不动就追着它啄。想想以前农村老家的公鸡多有风度啊，找到点什么好东西，总是咕咕咕咕唤母鸡来吃，这只公鸟就差远了。

母鸟一直怕人，也不喜欢公鸟，一天下午趁沙浴室脱落，从洞口飞走了，一去不回，也不知道是开始新生活了还是被猫抓了。

公鸟跟什么事也没发生过一样，恢复了单身，变得像以前一样黏人。放它出来，它就在花草、椅子、餐桌上逛逛。进一为它准备了鸟屎兜，像个纸尿裤，可它死活不肯穿，使劲地用嘴撕扯。

十月一日，长假第一天，上午在家看阅兵直播，鹦鹉也被放出来了。直播看得差不多了，鸟儿不见了。到处找，使劲唤，都没见到。进一悲痛地长叹："真跑了，不会回来了！"

电视里传出歌声："清晨我放飞一群白鸽……"

放鹦鹉不行吗？

我躺在沙发上，正琢磨去哪里逛逛，突然看到阳台衣架上的裤子在动，仔细一看，上面那不是鹦鹉吗？

十月十三日早上七点多钟，进一妈把鹦鹉放了出来。它先在阳台上转了一圈，然后往楼上飞了。再怎么唤，怎么哄，都没用。进一下楼找了一圈，也没什么发现。

进一妈把两个鸟笼子都清理了，大家讨论要不要再养鸟。正好小明同学家前两天刚飞来一只八哥，似乎是看上了他们家的鹩哥，赶都赶不走，要不接过来吧？那只鸟浑身乌黑发亮，一幅衣冠楚楚、年轻有为的模样。最后的结论是再也不养了，鸟儿真正的家是大自然，就让它们奔向自由吧。进一开始写作业，下楼玩。

在下午买菜回家的路上，进一打来电话，心想一定没什么好事，不料他说："鹦鹉飞到我背上了……"原来，进一正在和小伙伴在楼下追打嬉闹，有人叫："你背上有只鸟！"进一回头一看，正是鹦鹉。

然后鹦鹉就站在进一的肩膀上跟着他回家了。

一进笼子，它就使劲地喝了几口水，又慌忙吃草籽，再喝水，再吃草籽。我见到它的时候，它正一边进食，一边打瞌睡，眼都快睁不开了。在窝里待了一会儿，它又跳出来，继续喝水，吃草籽。

看来，这只鸟在外面这半天混得不太好啊！

造纸术

前些年一个冬天带进一到王借岗火山地质公园玩，临走时他坚持要搬块三四斤重的石头回家，说要用放大镜仔细观察观察。回到院子里，见个熟人他就讲这是玄武石，火山喷发形成的，黑色的。走到楼下，看到在那儿玩的小朋友很少，而且都不认识，他有点小失望。这时从角落里窜出个小男孩，是他的朋友。进一马上喜笑颜开："幸好乐乐在这里！"

地质公园山脚下，有好几棵高大的桉树。这种树每年都会蜕下一层皮，露出白花花、光溜溜的树干。去年秋天和进一又去那里玩，看到大片大片的桉树皮，他问这些树皮能做什么用。我哪知道？就随口说"造纸"。进一马上捡了几块，小心翼翼地带回了家。

回到家，进一提议马上用捡来的树皮造纸。我们用盆子装了点水，又找来磨刀石，拿树皮在上面细细地磨，心想：把树皮磨成浆，再把这些浆摊成薄薄的一层，干了不就成纸了？造纸不过如此。

树皮磨得差不多了，浑黄的水里有些黑色的渣。我们在电视里看过，下面一道工序叫"抄纸"，用竹帘往水里一捞，略微晃动、停顿一下，端起竹帘，纸浆就会均匀地沾在上面。竹帘我们没有，厨房里有把撇油勺，是个很密的细钢丝网，可以抄一片小碗大的纸。我们把浆水摇匀，再用撇油勺一捞，勺子上挂了一层树皮浆。沾上浆的撇油勺被挂在厨房后面的窗子上，等浆风干了再揭下来，那就是纸了。

进一隔一会儿就去观察一下，看纸好了没有，但是干得太慢了。第二天早上，我们从窗子上取下撇油勺，希望能揭下一片纸，结果只刮下一撮灰。造纸失败，进一显露出一丝鄙视的神色。我连忙解释，不是技术不行，可能是这种树皮不行。电视上造纸都是用竹子，竹子不好找，再用草试试吧。

第二天，我们来到西樵大桥旁边的腾冲。腾冲又叫腾冲岗，是北江边的小山包，山包底下有些不知哪个年月留下的几座废弃的房子。江边有个油码头，码头旁边的杂草里贴着地长满了野生的豆科植物，进一每次去都要都要摘一大捧豆荚心满意足地带回家，因此这里又叫“摘豆豆的地方”。江堤外是白兰、木棉、芭蕉，江堤内长着一人多深的草，秋天里开花结籽，散发出一股粮食成熟的气息。那种草秆子又硬又绵，一看就是造纸的材料，就折了一把带回家。

电视里造纸的竹子要用石灰水泡很长时间。在家乡恩施农村石灰到处都有，但是想在佛山找石灰，呵呵！进一突然想起“化学实验套装”。那个泡沫箱子里有一排试管，装着硫化亚铁、亚铁氰化钾等听起来能毒死人的化学药品，还有一管白色的粉末，就是石灰。

我们搜出来一个陶瓷擂钵，捣蒜用的，已经多年没捣过蒜了。把草秆子折碎丢进去，撒上石灰，倒点水，用保鲜膜封上，静观其变。造纸的竹子要淹半年，这个时间对我们来说显然太长了。一个星期后，颜色只变黄了一点，打开保鲜膜，闻到新鲜竹子一样的清香。又泡了一个星期，看起来好像熟了一点儿。进一说，不能再等了。

找来木杵使劲地捣，想把那些草茎捣成纸浆。但草没泡好，怎么捣还是草，只好再泡。又泡了个把星期，拿出来再捣，依然捣不烂。又找来一把小木锤，剥剥剥剥地捶了几百下，进一在一旁伸长脖子使劲盯着看，一边说要不还是用木杵吧，这么慢。草还是没变成浆，只好再泡，再捶。慢慢地，草终于柔软了一点，被捶打成了糊状。

我们把那团黄色的草浆放到水盆里使劲淘洗，再把粗草茎捞出来，得到一小盆黄色的汁水。我用撇油勺在盆里一转，一捞，勺上挂了一层纤维。勺晾干后，用牙签轻轻挑开，得到一张薄薄的黄草纸，有点像小时候敬神烧的那种。进一看了看，并不特别兴奋，可能是觉得工艺究竟不怎么过关，造出的不是正宗的纸。

这次一共得了几小片圆形的纸，舍不得扔，夹在一本书里。有天心血来潮，用毛笔在其中一片上写了个“草”字。后来想到“草”在网上已经有了些不怎么斯文的含义，又在“草”字旁加了个“书”字。

这是一次独特的体验。佛山六百多万人，应该还没人这么造过纸吧？

季华园

季华五路的一边是我们公司，另一边是季华园。每个周一到周五早上，我过季华园，上天桥，到公司上班，下班后再原路返回。回家是为了上班，还是上班为了回家？我越来越糊涂。

一个中年女子，风姿绰约，带着平和而批判的眼光，每天走过和我相反的路线。前两天，我看到她从天桥上过来，身穿一件深灰色耐克T恤，胸口印了一个大大的logo。logo那么大个钩，是什么意思？ 1+1=2？对？

一个三十多岁的白面男子，走路脚掌先落地，轻快地迈着碎步，臀部以上基本保持不动。此人喜欢西裤配T恤，大概是公务员。许多官员着装都有这种偏好，比较知名的是“表哥”杨达才。季华园旁边有栋写字楼叫经华大厦，好多政府部门在里面办公。这个男的看样子是某局科长级别的干部，走路目不斜视，带着自足的表情。我们经常在天桥上或天桥脚碰到，我在他眼里似乎很渺小，他在我眼里也不强大——“还在天桥头上那家公司混呢？”“小科长干很多年了吧，什么时候才能熬成副局长？”

一个快五十岁的男人，黑皮鞋，深蓝西裤，白衬衣，每天背着手，慢慢地走。他的头发是用给小孩推头发那种推剪推的，朴素中稍带一丝匪气，不过最近看已经好久没推过了。不像其他人，要么跑得气喘吁吁，要么缓缓伸出手抓空气，要么跳踉拍打想拍掉身上的肥肉，他很淡定，就那么慢慢地走，眼神中有点疲惫和忧郁，像个中度失眠症患者。

一个三十出头的男人，牵一条棕黄色的土狗匆匆而过。主人穿得一丝不苟，狗收拾得干干净净，那个装束，像是要赶到高级写字楼上班。或者，主人在什么地方开了个牙科门诊，那条土狗就像是他的女秘书，穿着职业套装朝夕相随。

某个一贯强势的领导，有一天站在水池边谦卑地和另一个人说话，脸上那种和煦的笑容我们从没见过。我加快脚步，唯恐听到什么秘密。

有个年轻小伙子几年没见了。从没见过那么瘦的人，瘦得两只手臂挂在肩膀上晃荡，真正地弱不胜衣。

还有个时尚青年大概也有两三年没见了。他腰上的皮带打了三四十个孔，还勉强可以接受，我最不明白这些人为什么六月天偏要穿皮靴。他的手机是横着拿的，高度和眼睛平齐，好像随时准备接电话。冲那下巴打上一拳，一定很爽。

恩施话在佛山不容易听到，偶尔听到四川、重庆话，也算乡音，聊胜于无。四川、重庆的女人说话声音大，尾音长，生怕别人听不到。听她们说老乡、娃儿、饮食、老板、同事，以及老乡的新男朋友、女朋友，觉得庸俗而亲切。

三五条狗在草坪上东闻闻西嗅嗅，跑两步，又停下，再抬头张望。狗们假装在寻找某件失落的东西，其实是在找地方办一件重要的事，别以为我不知道。

洋人牵着他的女儿，赶着去附近上幼儿园，父女两个一路叽里咕噜，边说边笑。洋娃娃很可爱，她妈妈应该很漂亮吧？后来也见到过，平常人而已。

大爷上了年纪，经常穿着白圆领衫跑步，身材颀长健硕，唯一的遗憾是顶上稀疏，要借助边沿的头发，也就是“地方支持中央”。晨风吹拂，边沿的头发从顶上垮下来，随风飘散。原来想，我哪天秃了就剃光头。这两年果然开始掉头发，天地良心，我从未取笑过秃顶的人。

有人躲在阴凉处拉胡琴、吹笛子，咿咿呀呀尖着嗓子唱粤剧，颇有专业水准。人老了，活动半径慢慢变小，直到有一天退缩至公园的一个角落。

晴天的早上经常看到大王椰树尖锐的顶端停着一只不知道什么鸟，叽叽喳喳，顾盼自雄。人家混得好呗！

怎么能不说说大妈们的广场舞呢？广场舞晴天天天都有。前段时间的曲子是“大姑娘美那个大姑娘浪，大姑娘走进那青纱帐，这边的高粱它正拔节儿……”，这段时间又是“呀拉嗦，这就是我梦中的天堂，我要留在你的身旁”。像青藏高原的天空一样透明辽远，好有情怀。

偶尔与广场舞对峙的是腰鼓队。大妈打钹的节奏是这样的——银、翘、片！银、翘、片！VC银翘片！噗——大妈身手矫健，突然甩开一把桃花扇。我身子赶紧往后一闪，才没被击中鼻梁，幸好有点功夫啊。政治无处不在，腰鼓队领头的大妈经常大声喝斥她的队员，看那架势一定是曾经当过什么官，至少也是个居委会主任。

我不喜欢广场舞，但如果换一些妙龄女子来跳，又会是怎样一番光景？有人说，其实你根本就不讨厌广场舞，你讨厌的是大妈。我竟无言以对。

小吃店

前几天下班比较晚，想到小区外经常去的小吃店吃笼包子再喝碗粥，但是包子铺已经关门了，不晓得那天为什么关门那么早。对面的沙县小吃和兰州拉面还开着，又不爱吃。这个把月忙，没怎么到那边去，才发现兰州拉面旁边开了好大一个药房，在小区开这么大个药房，也不晓得生意如何。挨着大药房还开了个小吃店，小小的门面，玻璃门上贴着黄焖鸡饭、水饺、煎饺、生煎包等的图片。

七点多钟，要是来一份生煎包，再加一罐冰啤酒，这一天差不多就圆满了。

店里有三四张松木桌子，五十岁上下的两口子农村人装扮，只喊坐，门口一个半大小子漫不经心地玩着手机，再往里走是厨房。我说要生煎包，老板说十五块，然后两个人拍了拍手，马上进厨房摸出面盆馅料开始操办。两口子边说边忙，好一会儿才做完十五个包子，又开火下锅滋滋拉拉地煎，几分钟后一大盘包子终于上桌了。

包子龇牙咧嘴，外面都能看到馅，老板娘说面太稀了。味道倒不差，外焦里嫩。我就着冰啤酒，拼尽全力吃了九个，剩下六个准备打包带走。

我说：“大哥，你们太实在了，这么大个的包子八个也要卖十五块啊！”

老板娘：“就怕客人吃不好咧！”

我：“你们这又不是待客，是做生意呢，分量太足了。”

老板娘：“有的客人还嫌少咧！”

我：“老板哪里人？”

老板：“河南。”

我：“大哥真是太实在了。”

老板：“我们老家都好客，生怕客人吃不好。”

我：“吃不好就吃两份嘛，他们不缺这几个钱，只要你做得好吃。你这房租不便宜吧？”

老板：“是啊，一个月三千，装修还花了三四万。”

我：“这个店要是开在人多的大街上就好了哈，小区来吃的人不是很多吧？”

老板娘：“是咧是咧！”

我：“那我走了，祝你们生意兴隆！”

老板：“谢谢你的建议啊！”

最近一年小区外的小吃店越来越多，生意好的也就一两家，我祈望这个单薄的小店能顶住、活下来。

百里徒步启示录

4 月 25 日，参加了佛山电视台组织的百里徒步活动，居然拼着老命坚持到了终点，有朋友点赞，自己也觉得有点儿牛。虽然，我走到的时候都晚上十点了，此行的终点中欧中心已曲终人散，黑灯瞎火，场面有点凄凉。

我是公司最后一个走到终点的，有一点感想：第一、二段靠兴趣，第三段靠毅力，第四段靠实力，第五段靠本能，第六段靠爬。走个路还走出哲学来了，呵呵！

想想刚过一签亚艺公园的时候，我还豪情勃发，看到有人打红旗，我脑子一抽，鬼使神差地想起两句古诗：半卷红旗临易水，霜重鼓寒声不起。一点都不搭，有没有？

我曾在 28 公里、35 公里、36.5 公里处数次想要放弃，实在是快顶不住了。

幸好，行程的最后十几公里，遇到一个在广州读研的美女，大家同病相怜，一路打气。同时，一种保护美女走出黑暗的豪迈之情油然而生。

后来，又遇上一个十七八岁的小伙子。三个人相伴走到了终点。不然，我怕是要像“作风建设”那样，永远在路上了。

有件事情我还没跟大家说，头一天晚上，我赶着写点东西，两点钟才睡。刚睡着，儿子一吵，就醒了，五点多才睡着，七点多起床，就睡了两个小时。不然，表现还会好一点点。

农家子弟走百把里路这么艰苦，只因缺乏锻炼。不锻炼硬要走，就是逞强，就是勉为其难，以后这种事要少干。

黄牛

我不做黄牛好多年。

2008 年的一天，我在佛山本地的论坛社区 C2000 发了个帖子："Tickets to Wong Tze Wah Talk Show，50% off." 就是说"黄子华栋笃笑门票，半价"。呵呵，不知道是不是中式英语?

黄子华，香港著名艺人，在广东有很多粉丝。栋笃笑，相当于单口相声，又像脱口秀。因此，黄子华相当于内地的周立波。

为什么我要做黄牛，在网上躲躲闪闪地兜售门票? 因为那场演出是我们报社张罗的，每个员工都有几张免费的票。而我们这些外地人听不懂广东话，不明白"栋笃笑"有什么好笑。

要在以往这种票我转手就送人了。但这次不一样，说来话长。

那次演出的宣传工作做得很到位，佛山陶瓷行业早早都知道了。L 老板打电话问我有没有票，我说有，他让我送三张过去。L 老板主营陶瓷机械，兼营陶瓷媒体，是个有生意头脑的文化人。有段时间他经常给我打电话，似乎看我勤奋老实，有意提携我。

我跑到财务室，说要三张票。出纳说，票有，二百四十块钱一张。不好意思，报社这次不是为了答谢客户，纯粹是为了赚钱。我乖乖掏了七百二十块钱，一边打电话问路一边匆匆赶往L老板的办公室。我递上票，L老板热情有加，亲自酌茶，嘘寒问暖，颇有礼贤下士之风。他向我打听报社的情况，我闪烁其辞。他和我交流行业大势，我知无不言。他又问我平常都看些什么书，我据实以告。茶过三巡，我说我要走了，他说再坐会呗。于是又坐下来，工夫茶一杯接一杯往嘴里倒，话都快说完了，就差像现在“微商”那样无话挤话了。我说我真要走了，报社还有事。他站起来，说，那多谢你的票了哈！

还有一件重要的事，为什么不说呢！

我原本想，如果L老板掏出钱包开始数钱，我就假意推却，稍加客套，然后夺钱而去。但是，人家根本就没掏钱包！

有好几次，我差点就说了，那啥，L老板，那个，票钱，七百二十……但硬给咽了回去。脸皮太薄呗！死要面子呗！再说了，山不转水转，说不定哪天真转到L老板手下做事呢。这么想，送他七百二十块钱的票作为感情投资也确实应该。不过，L老板可能不这么想，他一定认为这票就是免费的，就冲和我们社长的关系，以及他的江湖地位，他就有获得赠票的面子。我默默下楼，心情有点郁闷。

演出前一天，报社才说每个员工有几张免费票。我决定卖掉这些票，把那七百二十块钱挣回来，就在C2000发了那个帖子。之所以写成“Tickets to Wong Tze Wah Talk Show，50% off”，是不想让同事知道我在做黄牛，尤其不想让他们知道我做黄牛是因为给L老板送票赔了钱。

还别说，真有人加了我的QQ要买票。第一张票出手后，我觉得做黄牛大有可为，又从同事手里收购了几张，说要送给朋友。不过形势不如预期的乐观，网上只卖了两张就再也卖不动了。问的人不少，但“50% off”人家嫌贵。想起捂在手里的票，不仅弄不回七百二十块，还可能亏得更多，得想想其他办法。

开演前一个多小时，我和一个同事来到岭南明珠体育馆，想看看有没有急着要门票进场的观众。我们没找到这样的观众，却遭遇了几条老黄牛。老黄牛问我们有没有票，我们问多少钱，他们给的价很低，我们假装没有，然后继续寻找终端客户。现场销售一定要叫，许多知识分子卖不了东西，就是因为不好意思叫。我们叫了几声，但腔调充满颤抖、游移，不敬业、不严肃，缺乏职业感，无法取信于人。

转了几圈，终端客户没找到，演出很快就要开始了。老黄牛察觉我们有票，上来纠缠，说可以多出几十块钱。我们没有更好的办法，就出手了，但留下两张想待价而沽，以为越靠近开演时间票越好卖。但我们又错了，不得不在开演前十几分钟割肉，每张票又被老黄牛压了五十。

不管怎么说，那七百二十块总算弄了回来，还略有盈余，心里好像不那么郁闷了。

后来有人送了老婆两张周杰伦演唱会的门票，我也在 C2000 上卖了。老婆看到后大受鼓舞，觉得我能当黄牛她就能当牛嫂，一个人跑到广州天河体育中心卖古巨基、飞轮海、侧田演唱会的票，赚了几百，眉开眼笑。

严格地说，我并不是黄牛。黄牛有党我没有，黄牛加价我半价，这算什么黄牛？然而很多人认定我就是老牌黄牛，此后两三年间经常有人问我有没有刘德华演唱会的票。

骗子

近几年，电话诈骗的案例时有耳闻。前不久，又在网上看到某富婆被冒充“110”的人骗走 120 多万元的新闻。恕我小人之心，总觉得那 120 万元恐怕来路不太正，所谓“财悖而入者，必悖而出”，并为自己没有那么大一笔巨款可骗而深感庆幸。

骗子当然可恨，但有时你也不得不佩服他们的职业素养。如果有一天被骗子骗了，除了痛心疾首，我一定会服输。

两三年前的一个上午接到一个电话，来电显示为深圳的号码。

“你是不是钟育政啊？”

“是。”

“我是深圳市龙岗区人民法院的，因案件调查需要，向你核实点情况。”

“请讲。”

“你的身份证号码是不是 422801……？”

“是。”

“我们上周给你邮寄送达的刑事传票，你收到没有？”

“没有。”

“你的地址是不是佛山创意产业园 × 号楼 4 楼 ×× 报社？”

“以前是。”

“你确认没有收到是吧？”

“是的，我确认。”

“那我们给你说一下传票的内容。”

“好。谢谢！”

“以你的身份证开的一张银行卡，涉嫌深圳一桩重大洗钱案件，金额上亿，希望你配合调查。”

听到这里，我有点 hold 不住了。因为，我一个朋友确实借过我的银行卡，也确实在深圳做过生意，说不定他真用那张卡做了什么灰色交易呢？

于是我十分紧张地问：“那该怎么办呢？”

对方说：“十分钟后，深圳市公安机关的警官会打电话找你核实情况，请你配合一下。”

我又问：“您能告诉我，那张卡是在哪里开的吗？”

对方说：“深圳龙岗。”

我说：“我从来没在龙岗开过银行卡，你们是不是搞错了？”

对方说：“那你待会向公安机关解释吧。”

到这里，我开始怀疑是遇到骗子了。我马上百度了一下，没错，来电的号码确实是龙岗区人民法院的，不过号码前有一个“+”号。真让人将信将疑。

我马上拨打了佛山的“110”，报告了我的疑惑。接电话的听起来好像是位老警察，他在电话里不屑地笑了笑：“呵呵，是说你银行卡洗钱吧？骗人的，别理他。”

过了一会儿，深圳的电话又打过来了："我们是深圳市公安局的，你名下的一张银行卡涉嫌洗钱犯罪……"没等对方说完，我说："我已经报警了。"对方说："啊，啊，这样啊——"然后知趣地挂电话了。我又百度了一下，那个号码正是深圳市公安局的电话，前面同样有个"+"号。

我乃良民，除早年无证贩运鞭炮被公安逮过一回，从无不良记录。骗子们这回来电，实在让我受惊了。

惊魂初定，我把这件事的前后理了理。

骗子为什么对我的情况这么熟悉，电话、身份证号、地址全都知道？想来想去，是当初在网上求职时，留了自己的信息。那个求职网站真烦，不就是求个职吗，还要留个身份证号！唉！

如果我真的涉嫌犯罪，便衣早就把我逮捕了。所谓"传票"，那不是摆明了通知我赶紧跑吗？

法院只管坐堂办案，什么时候管送"刑事传票"了？

……

犬语

一日下班回家，暮色中闻犬吠，初听像吵架，细听像聊天。

犬们到底在聊些啥？试破译如下：

甲：老板在不？

乙：不在。

甲：吃了没？

乙：刚吃。

甲：吃的甚？

乙：白饭青菜而已，肉 TM 都没有。

甲：你那老板，太寒酸，我餐餐有肉。下次兄弟给你留点啊。

乙：快拉倒吧，说得好听。昨天还见你叨块死鸡，躲得远远的，两口就吃光了，怕嚼都没嚼吧？

甲：切！扯这些！瞧你那鸟样！

乙：嘘——老板回来了。

……

城中村

（一）

有个大人物说：广州农村不像农村，城市不像城市，农村又像城市，城市又像农村。

《南方都市报》当年做过一个专题，一一寻访广州市内 100 多个城中村。其中有两个细节让人印象深刻：记者从繁华的天河城，不到五分钟就拐进了旁边的天河村，看到一位老婆婆抱着一只鸡，鸡身上插着一根草标，就跟杨志卖宝刀一样。另外，记者还深情回顾了自己住城中村的日子，说是有年冬天困在广州没回老家过年，大年初一早上见到几个做传销的兄弟，老大摸出手机解开屏幕锁递给小弟，说随便打吧。

打工仔打工妹，恐怕没有人没住过城中村。我南漂十多年，先后住过广州、中山、佛山的几条城中村，有几个故事要跟大家分享。

（二）

2006年中秋前后，我在中山，住在石岐库充后面的小村子里。晚上月色皎洁，我和女朋友相约出去逛，在小巷子里乱串。村子里很干净、安宁，我们到处走走看看，觉得很开心。

灯光变暗，月光显得更明亮，我们越走就越觉得安静。突然，眼前烛光摇曳，香烟袅绕，纸灰飞扬。原来那是村子里的一小块坟地，村民们在这里祭奠他们的先祖。我并不怕鬼，但还是不由得加快了脚步。女朋友说：“你慢点走，我近视。”我指指天上，说：“月亮你看得到不？”她说看得到。我：“月亮那么远你都看得到，还近视？”

有一年，我在广州杨箕村找房子。左拐右拐，穿行了个把小时，总算来到一个开阔的地方，正准备歇歇脚，突然看到两座又高又大的坟，吓哥一跳。

按孟母三迁那个讲究，这些地方都不适合居住，但却是人气最旺的地方。这些地方住久了，会觉得很方便，很接地气。左邻右舍，开士多店的，开馆子的，开洗衣店的，大家都认识，有可能时不时地凑在一起斗个地主啥的。兜里没钱的时候，也可以在店里拿点小东西，等有钱了再还上。

有个开广告公司的老总跟我讲，有一年他在广州三元里帮人家买文凭（我一直怀疑是他自己急用），和卖家雄踞一座高大的坟头砍价，1500 块的北大文凭以 800 块成交。一来一往，气定神闲，从不知道什么叫怕，不能不说是豪举。

（三）

2002 年左右我住在广州石溪村的时候，暴穷，晚饭在楼下一间湖北人开的川菜馆里解决，吃一份五块钱的快餐。菜倒是现炒的，但量非常少。

小饭馆的老板瘦高瘦高的，老板娘胖胖的，贤惠精明中透出一丝厉害劲。老板的妹妹小家碧玉，小模样有些可爱。有个开厂的老乡的小舅子，二十出头，经常来店里吃饭，不吃饭时也借故过来转转。这个小姑娘，我们称之为“川菜西施”。

川菜馆旁边，有一家小小的牛奶店。别看这么家小店，却可以养活一家人。广东有一种说法，说潮州人一人开店养全家，梅州人全家人开店养全家。这家店就是梅州人开的。老板娘说话软软的。他老公是个技术男，工程师，据说是做什么投机生意失败了，才来和她一起经营这个店的。店里面有个伙计，叫阿球，每天踩个车出去送牛奶，晚上住在店里的阁楼上。有一天，阿球揣着几千块牛奶款，连同自行车一起消失了。牛奶店关了好几天，据说老板娘不吃不喝躺了两三天。听人说，后来有人在顺德某菜市场看到阿球操刀卖猪肉。

我要说的，是牛奶店里的小姑娘——牛奶西施。牛奶西施二十来岁，肤白，明眸皓齿，没事总低着头摆弄手机。总之，那算个小美女，至少可以打 75 分吧。有段时间，朋友开玩笑说，你也不能老这么单着，牛奶西施怎么样嘛，男人也是菜籽命，你就在这里生根发芽吧！听说牛奶西施的叔叔在墩和开二手车市场，事成了说不定送你台二手车呢。我说二手车有鸟用啊，开都不会开。

有一天，就在我业务上稍有起色搬离石溪村后不久，这个玩笑不知怎么传到了老板娘耳朵里，牛奶西施是她侄女。不知道是不是看走了眼，老板娘居然觉得我这个人不错，看起来像有点文化的，也没什么显眼的毛病，当即给她侄女打了个电话，说原来住在什么地方的谁谁未曾娶妻，对你有点意思，约个时间见见呗。一番话说得我不由得有几分扭捏。且不说人家姑娘意下如何，我那个情况，哪敢动那吊膀子的心思？

后来，有几次我回石溪，再和老板娘打招呼，老板娘已经不像以前那么热情，说话也不像以前那么软软的了。

再后来，也就是前两年，有一次我送妻儿上了回湖北的火车后，顺便回石溪转了转，川菜馆还在，牛奶店已关，川菜、牛奶二西施芳踪杳然。她们应该都当妈妈了吧？

（四）

真的很抱歉，川菜、牛奶二西施的故事没有再多情节可以展开。在这个平淡故事里面，可能有点淡淡的忧伤，在某个瞬间触发人的身世之感。但作为一个刚健的中年男人，哪能那么多愁善感呢？所以，打住。

故事继续，地点仍然在石溪村，要说说我为什么不吃狗肉。

我从不吃狗肉，很大原因可能是狗和牛伴我长到十多岁。我真正喜欢的动物，只有狗（土狗）和牛（黄牛）。那么，我为什么又从不拒绝吃牛肉呢？所以这有点说不通。

还有就是，我不吃狗肉，不是轻信狗肉使人气血妄动，也不是嫌狗有那种改不了的毛病，主要是受不了狗肉的毛腥味。

而让我下决心一辈子不吃任何形式狗肉的，是因了一件惊心动魄的小事。

以前我们住的旁边，有个小理发店。店里面有个湖南伙计，长得非常壮，以他的身材和身手，似乎更适合做搏击，不过人看起来倒很和善。我经常在他那里理发，一边理发一边忍不住想，要是他今天心情不好，两只手扳住我的脑袋，只要那么轻轻一拧……

有年冬天的晚上，我们一众闲人蹲在楼下百无聊赖。突然跑过来一只小黄狗，围着其中一位朋友又是转又是亲又是叫，好像是走失了，觉得这个人最像它主人。这位朋友马上喜形于色，警惕地四处望了望，招呼那位壮男理发师说："阿 ×，有狗肉吃了，快操家伙。”壮男从店里拖出一根粗铁棍，照狗脑袋上就是一棍。狗惨叫了几声逃走了，过了两分钟，又跑了回来，围着那位朋友继续转、亲、叫。壮男跑过来又是一棍，狗边叫边跑边回头看。壮男还要追，我说算啦算啦，你不吃狗肉会死啊。

我喜欢狗，但不喜欢人们在城市养狗。我不吃狗肉，但不反对别人吃，只是经常会想起十几年前冬夜里发生的这件小事。

（五）

听起来好像是悲情故事，但其实也不全是这样。

现在想起来，2003 年、2004 年算比较振奋的年份。这两年，业务上赚了点小钱，还初步学会了电视媒介策划。

2004 年年初，我由南到北，从海珠区石溪村搬到了白云区同德围。同德围是个死角，也是解困房、房改房、安居工程集中的地方，恐怕住了好几十万人。我住的地方叫丽康居教师新村，其实里面住的教师并不多，房子大多是租给了打工的。我在这里一直住到 2006 年年初。

在跑了几年广告业务后，我发现自己根本就不是做业务的料，胆小、嘴笨、一根筋。最开始给客户打电话搞推销（其实就是骚扰），还没张嘴，自己的心就先开始乱跳。那个情形，向女神表白大概也不过如此吧。

但是，我比较有耐心，能一遍遍地算收视率、到达率、市场份额、毛评点、千人成本，不厌其烦地画各种饼图、柱图、折线图。我一直觉得，我应该能胜任某个中型广告公司或销售企业的媒介经理、总监等职位。因为对电视媒介比较熟悉，我被一个客户（就是蹲在坟头买假文凭的那位）邀请加盟，几经周折，终于在 2006 年春节后跑到了中山。

在丽康居住的两年，日子很平静，每天沿着同样的路线上班下班，周末到处乱逛。我对广州远比对佛山熟悉，那都是自己坐公交、用脚跑出来的。

离丽康居不远处的小区叫泽德花园，通往市区的公交站就在旁边。有一次，我从泽德花园经过，看到有个三十多岁的男人，像个混社会的，但又疲惫、恓惶。我见他小心翼翼地问值班的保安："兄弟，请问你们这里招保安吗？"保安不耐烦地一挥手："去！去！不招，不招！"

有一次，我在丽康居和泽德花园中间的布匹城看到一个瘦小的黑人，躲躲闪闪，不知道想干什么勾当。

在一个电闪雷鸣的傍晚，我在布匹城里避雨，看到泽德花园的一栋楼被雷劈下一角，砖头直往下掉。

上下班经过布匹城的时候，经常可以看到一条小狗跑来跑去，就像有什么重要的事情要忙似的。没过多久，那条小狗就大腹便便了。我不知道，它将如何面对流浪加怀孕的灾难。

那两年，我总在一个菜摊买菜。卖菜的老两口是湖南的还是广东清远的我忘记了，男的苦瓜脸，女的很和气。

有一次，我在菜市场外买水果。卖芦柑的阿姨好像刚受了什么委屈，满脸不高兴。我说："您这个驴柑多少钱一斤？买两斤。"阿姨听到我说"驴柑"，忍不住笑了。我很开心，觉得很有成就感。

丽康居旁边有家东北馆子，服务员都是东北大妞，就跟东北的饭菜一样，分量都好足。这些大妞进出时风风火火，嗓门又大，一个个纯爷们儿似的。有的时候想想，我这个身材，如果娶个东北大妞，也许可以改良改良基因。

2004 年下半年，一个从北京过来的哥们儿凑钱买了台欧兰德，经常开过来转。他跟我说，要用闪光的灯珠把排气管再装饰一番。看到那亮闪闪的光景，我好生羡慕。

冬天的周末，我经常会找个安静、背风又有阳光的地方坐下，翻翻《广州日报》，觉得人得好好活着，应该有点梦想，有点激情……

还有一件事差点忘了。2004 年，我遇到了一个在丽康居旁一所小学教书的小老乡，女的。对，这个人现在是娃她娘。呵呵，野百合也有春天。

（六）

仄逼的青春有诸多困境。比如：你是不是曾想，任他弱水三千我只取一瓢来饮？但是，瓢呢，瓢在哪里？

2006 年下半年，我下决心转型。说得跟原来有什么“型”似的，还是说转行吧。

经朋友引荐，我当年 8 月份到陶城报上班。和大众媒体比起来，这是家小报，但在陶瓷行业里却赫赫有名，在沈阳法库、福建晋江、山东淄博、四川夹江、江西高安等地设有记者站，有正规刊号，记者们的记者证也都货真价实。

报社的掌门是中山日报调过来的，高大壮硕，水平高，脾气大，好像一台在烈日下暴晒的大柴油机，不断输出能量，就是有点烫手。

他们招我进报社，是想让我继续跑业务，但很快就发现我更适合做采编。这是 2002 年来我第一份正经的工作，不管水平如何，勤奋自不必说，写稿、排版、策划，不懈怠，不推脱。

佛山是个制造业城市，但与深圳、东莞有很大区别。佛山禅城石湾一带，有一批吟诗作画、写小说的，还有一批做陶艺的，都以文化人、艺术家自许。我曾看过他们的诗集，觉得不美，我承认我不懂。也和朋友们晚上在高架桥底下喝啤酒，看到两个省作协的会员喝多了就在旁边嘘嘘，真是有辱斯文。我开始醒悟，我这一生欠缺的是经世致用的技术，而非不懂《文心雕龙》《人间词话》。

哦，不是在讲城中村的故事吗？我在佛山先是住在榴苑路，在这里一直住到农历 2010 年新年，差不多有三年半时间。在佛山的陶瓷行业怕没人不知道榴苑路，这条不足一公里的街上，有工行、农行、建行、交行、广发银行，有酒店、饭馆、发廊、菜市场。经常来这里的多是业务员、小老板，大家使酒骂座，无牛不吹，以百万、千万为单位谈钱。如果一个人好久不见，他可能拉到大单子发了，也可能赌钱把裤子都输了。总之，榴苑路是梦想和欲望疯长的地方，我从没见过其他地方这么有张力。

不过，我已经没有勇气参与这么火热的生活，只想老老实实地上班下班。报社人少，同事关系有人说很复杂，可我觉得很单纯，我几乎每天和办公室的同事分享一个笑话。有一次，报社集体去广西旅游，一行几十号人唯独我被警察拦住查了身份证，引起一阵哄笑，不知道是不是因为长得另类，至今仍有老同事拿这个事跟我开玩笑。

广东有个风俗，据说不能让新入伙的房子空着过年，我和老婆在小小的新房子里过了 2010 年的春节。

城中村的故事基本上就这些了。城中村改变了我什么吗？是的，现在我关心饮食男女、风雨阴晴，不再操心国际风云。

我二十七岁入城中村，三十五岁出城中村。一进一出八年，写出来竟不足五千字。唉！

发票发票

（一）

2003 年前后我在广州混，经常囊中羞涩，然而西装革履，健步如飞。当年我置有两套西装，一套咖啡色，一套深咖啡色；还有两条领带，一条纯灰，一条红黑条纹。天河北中信广场附近风大，我早上八点钟走过的时候，西装下摆被风掀起一角，觉得自己一定好精神，于是加快脚步，走进时代广场后面的一条巷子，在某个角落有间办公室。同事们早已开始筹划一天该干什么活儿，小个子老李一定已经点燃了一根“椰树”，认真又茫然地翻看他那个又脏又破的笔记本，上面是他的客户资料。他的目标是每天至少打三十个电话，如果这三十个电话打出去没有一个人对他推销的东西感兴趣，那就再打，连着打十天、一百天。几千个电话打出去，如果有几十个电话有初步意向，如果这几十个准客户又有几个有进一步的意向，如果再有两三个谈成，那么辛苦就算没白费。做业务其实就是这么简单，靠的就是勤奋！

坐在小个子老李对面的小陈留着长头发，样子有点小帅，只是脸上有些斑，和孕妇那种一样。小陈经常说：“唉，自从我妹生病后，我脸上就开始长斑了……”小陈是既得利益者，一年前已经搞定了一家保险公司，每个月有几千块钱的进账，不仅衣服光鲜一点，皮鞋黑亮一点，声音大一点，抽的烟也是红塔山、精白沙那个档次。小个子老李的“椰树”让他既瞧不起又深感同情，哼，抽那个烟，还是戒了吧。小陈听说我在家乡当过干部，觉得我出现在这间办公室简直就是荒唐，递过来一根他的高档烟让我平静心绪认命，我摆摆手连说不抽不抽。我不是不抽，是穷得戒了，以前我抽的是相当于云烟那个档次，白色硬盒普通包装的那种。因为有客户垫底，小陈心里不着急，电话也打得少，经常语重心长地对小个子老李说：“又好久没碰女人了吧？”小个子老李白小陈一眼，说：“老子碰没碰女人干你鸟事啊？哎，你怎么知道我好久没碰女人了呢？”小陈大笑，开始放肆地描述头天晚上在超市买东西勾搭收银员的情形，接着又说公司做销售行政的小陆被公司裁了，而小陆对自己好像有点那个意思，言语间有几分沉重，一副“曾因酒醉鞭名马，生怕情多累美人”的神色。GS 公司在时代广场八楼另有一间办公室，大楼后面有一栋堆放杂物、打理物业的两层板房，做业务这些乌合之众被安排在二层的一间房里，只在有急事汇报时才能上八楼。

老胡对小陈的张狂不以为然：“没见过几个年轻人有他那么懒的，一天没打几个电话，也不出去跑，赚那点小钱算个啥？”此外，老胡也不觉得干部出来跑业务有什么不妥，他当年就在湖北襄樊老家上班，三十多岁才出来。到 GS 公司之前，老胡在另一家公司做策划，据说前两年魔术大师大卫·科波菲尔到广州演出，就是他写的活动策划方案。谈起收入，老胡说前两年还不错，每年都超过了这个数，说着用两根手指交叉成一个十字。老胡说已经在珠江新城美林海岸看好了一套房。老胡常说："做业务的太年轻了根本就不行，谁跟你小年轻谈生意啊，还是中年人看起来稳重放心，对不对？"至于在 GS 做了什么业务，老胡只说在跟一个大单，不久前北京来了客人，双方谈得很愉快。

小个子老李是广西人，他的同乡小李是他在这间办公室的保护人。小李阳光灿烂，两年前搞定了丽江花园，卖掉了江南大道南国大酒店的一块大牌，被老板定为客户部经理。尽管小李看起来已经很富有，但仍然每天在外面跑。人家叫他李经理，他说别这么叫了，什么经理啊。那些做业务的不拿工资，卖掉了东西才算提成，不用管，也管不了，如果有人几天不来上班，可能就是永远不来了。

整个办公室只有坐我对面的小袁不苟言笑。小袁刚从武警退役，每天端坐在桌子前翻他的笔记本，边翻边写点什么，表情像站军姿那么严肃，大家觉得这个人有点装模作样。有一天几个人又在讨论男女之事，他总结道："什么呀，三天没碰女人，你就是处男！"大家又觉得这个人好像不是在装。

小许面相老成，样子像个奸商型的生意人。老胡提醒我："老乡啊，打电话千万别让这个人听到了，他抢过人家的单哦。"

小刘是湖南人，成天很忙，能说一口流利的白话。我很佩服，就问他是怎么学会的，他说："你乱说就行啦，别怕丑嘛！"小刘被小陈调侃，与两个女的有关，一个是谷小姐，一个是黎小姐。

谷小姐，我在 CG 公司见过，略有几分姿色，锥子脸，两只眼睛滴溜溜乱转，也有人认为是水汪汪。谷小姐在 GS 公司待了几天后转投CG公司。没过两个星期，CG公司老板的女朋友一脸厌恶地说："× 的，穿个尖尖皮鞋，眼睛到处乱瞄，我已经叫她滚蛋了！"黎小姐，则是我在下下个东家LC公司的同事。

十几年前的广州，天天西装领带又挤公交车的，不是跑广告的就是卖保险的，我是跑广告的。CG公司是我到广州待的第一家公司，GS公司是第二家。

那几年从广州购书中心到天河大厦那条路上，有好多卖发票的。看到我那个装束，那些人以为遇到了什么人物，赶紧凑过来，嘴里大声地"发票发票"。我不胜其烦，一边走一边嘴里也不停地"发票！发票！发票！发票"，那些人就再也不理我了。

（二）

GS公司在广州广告界小有名气，在区庄立交、芳村珠江隧道口有几块大的户外广告牌。但这些广告牌不愁卖，早被老板卖掉了；那些连老板也卖不掉的，一般人就更卖不掉了。那些在板房里做业务的，卖的主要是一种叫"海报张贴栏"的东西。城市里的海报不能乱贴，得有个固定、规范的地方，GS公司就和城管、工商等单位合作建了多块海报张贴栏，什么演出的、卖药的海报就贴在那里。此外，GS公司老板是个画家，平面设计做得不错，一度服务过星河湾等大客户。老板的哥哥也和我们一样在板房办公，像个农民，而且是放驴放马那种农民，讲话生怕人家听不见，他一打电话全办公室都得停工。他专门负责户外广告的安装施工，跟我们没什么交集。

在到GS公司之前，我和小赵、小黄、小杨等几个业务员因为两三个月未出一单，被CG公司开除了。CG公司的老板老F一天下午召集全公司五六个人开会，以尽量平静的声音跟我们说："兄弟们，你们都下岗了。欢迎常回来看看。"当然，"你们"并不包括老F的二哥老路，以及老F女朋友的弟弟。

CG公司也曾有过短暂红火的时期，当年服务过红桃K。红桃K红遍全国的时候，海报全部是WP也就是后来的CG公司设计印刷的，印刷品一卡车一卡车地连夜发往全国各地。老F赚了钱，回武汉投资太阳能准备大干一场，CG公司交给老路打理。老路不才，CG公司渐现衰象，而老F投机失败，再次掌管CG公司。

十多年前，广州有四千来家各种广告公司。为什么那么多人在创业时会选择开广告公司？因为人们天天看广告，或多或少都懂一点，有点思想的人甚至认为自己稍加努力就能成为这方面的专家，完全有能力对广告的创意、表现、传播策略发表一番见解。你要是不信，就在路边随便找个识字的人，问他脑白金广告做得好不好，保证可以扯半天。

不会写文案，不会做平面，不会拍片子，不会策划媒介，不会一切，都没有关系，最重要的是要把客户先找回来，只要客户愿意出钱，那些活儿大把的人会干。皮包公司的逻辑是倒过来的，正如时下流行的"倒逼"，不是有本事才能找到客户，而是要先找到客户了那些本事才用得上。就好比你要先拥有一栋别墅，然后再去筹钱，不然要钱何用？

怎么找客户？打电话！每天看《广州日报》，看《南方都市报》，看哪些地方做了广告，要不就拿本黄页，挨个打过去，就说我们做过红桃K，就说我们广州有线电视台折扣全市最低。人家不接电话怎么办？那你就说你是省广告公司的，要不就说你是工商局的、公安局的，总之一定要搞到对方负责人的电话，而且最好是老板的手机号码，用什么办法就随意啦！我没跟陌生人打过电话，心里跳得像拍簸箕那么响怎么办哪？有什么好怕的？人家会从电话线里面钻出来把你吃了啊？面子？面子算个屁啊，你以为还是在恩施当干部啊？我们这是在做业务，是求人办事，面子比钱更重要吗？没有钱才最没有面子！找到联系人了又该怎么办？要约见面，要“约死”，比如明天下午三点想在对方会议室见面。见面了后怎么办？要尽快请对方吃饭、喝酒，如有必要接下来甚至还要干点什么别的，一定要暗示对方“有钱大家赚”。这个挑战很大，很难搞。赚大钱发财能不难吗？有成功的案例吗？怎么没有，我们这里前两年出去的阿胡不是赚了大钱吗？但是赚到钱的好少啊。是啊，发财不就是小概率事件吗？

因此，对于集体下岗，我们几个并不意外，而且都觉得是自己不够努力，不是公司不行。

其实，在集体下岗前，我就和小赵到中信广场60楼应聘过。那是一家号称国际品牌的音响企业，要招现场销售，先招一百个人培训，边培训边淘汰，最后留下大约五个人。小赵长得像《武林外传》里的吕秀才，大学学的是市场营销，能聊一些诸如“统一产品VI”之类的高大上话题。他到中信广场复试，我也混进去了。我并不是去应聘，只是想见识一下广州最牛的公司办公的地方都什么样。招聘负责人问我去干啥，我说就是混进去开眼界的，对方也没赶我走，让我留下来听他描述他们的壮阔愿景。

小黄比较成熟，已经知道一单平面广告投放业务需要经过接单、签合同、设计、定稿、出菲林、报社下单、送菲林等大致流程，还知道丝印100线、出血位是怎么回事，跟客户打电话时也比较有技巧。

比较麻烦的是小杨，这个年轻人来自贵州山区，长得另类，口齿不清。听朋友介绍说，有一次他为客户表演民俗，当场蹲着跳了一大段山里的舞蹈，“样子就像大猩猩”。

老F那段时间心情很不好，不知道是因为没赚到钱还是感情出了问题，有一天和他女朋友大吵一架，一凳子砸碎了玻璃茶几。老F的女朋友是个能干泼辣的武汉女人，常抽一种白色的薄荷味香烟，据说是某休闲服装“华南口岸”的老总，听起来好像道上的人。

CG公司我经常回去，老F和他女朋友都蛮客气。皮包的营盘流水的兵，在CG公司经常可以看到不同的陌生面孔，一拨人接一拨人重复着“要钱不要面子”的勾当，其中也包括略有姿色、穿尖尖皮鞋、眼珠乱转的谷小姐。

只有老路、老F女朋友的弟弟和一个胖乎乎的女设计师一直都在那里。老路依然举止粗鲁，一张油晃晃的大脸，嘴里隐隐约约一股刚吃了沙姜、蒜泥白切鸡的味道，说话唾沫星子直飞。老F女朋友的弟弟依然无知无畏，外加那种目中无人的气质，坚定地信奉“要成功，先发疯，头脑简单往前冲”的理念。女设计师依然那么沉默，几乎没什么情绪，呵呵，那个状态也许可以叫作温柔。

有个神秘的人，好像是姓王，经常到CG公司来，只为了打几个免费的电话。这个人比我们更落魄，穿着一双破得不像样的皮鞋，甚至吃不起五块钱一个的盒饭。但是，据说此人早年赚过大钱，很早就在广州买了一套房。有人对此不是很相信，就追问他到底有没有房子，他一笑置之，不屑作答。

（三）

在GS公司板房办公室里的几个月，我仍然一无所获。我每天从中信广场、友谊商店经过，经常在下班时的公交车上看到同一个冷艳的年轻女人坐定后拿出一本外语杂志细细地翻，心想这个女人的梦想一定是在曼哈顿、香榭丽舍，根本不在天河北。

珠江新城那些年还有大片的空地，我的下一个东家LY公司就在空地旁边的一栋高层住宅里。公司老板老T与老F有点交情，自称开公司前在广州某资深4A广告公司做过策划部经理，此前则在《羊城晚报》做记者。老T出道多年，钱没赚多少，混得一副好下水，肚子大。老T吹牛已经到了颠倒黑白、不顾体面的程度，硬说他那双眼睛当年是全报社男人当中最漂亮的，而我们怎么看都像死鱼眼。

老T自己没车，出门见客户要租车或借朋友的车。一次，客户来公司参观，老T说："待会我派车送你。"时间到了，车没有，老T拿起电话："小黄啊，车到哪里啦？什么，又撞了？怎么搞的嘛！"客户自己想办法走了。

LY公司的业务还是那一套，不过卖的东西比较具体，是公交车的车身广告，老T说是从公交车公司卖断的，我们将信将疑。

LY公司有两个是老T的老乡，半做业务半撑场子。有一个湖南小伙子小李，自称在大广告公司待过，服务过海尔。小李好像刚和女朋友分手，成天絮絮叨叨说他如何遇人不淑，眼圈都是黑的。我听得烦了，就跟他说："爷们儿，至于吗？天下何处无芳草，何必要在广州找？不仅数量比较少，而且质量也不好。"小李婆婆妈妈，有点辱没湖南人的彪悍形象。我后来到了LC公司，和小李还有点小故事，那是后话。

广东人喜欢称年轻男女靓仔、靓女，第一次听到还很开心，后来得知“靓”的实际含义已经严重退化，就相当于“阿Q”的“阿”。不过LY公司的女设计师倒是个真正的靓女。这么说吧，你就是昧着良心，也不能说老T帅，但你不能说那个女设计师不靓。大家常和女设计师开些荤荤素素的玩笑，有人说她的男朋友猥琐，几个寡男心里不忿。男人们遇到这种情况时往往不能正确看待，洗净铅华行个善人家乐意，至于那鲜花插往何处，干卿底事？女设计师的哥哥是内地某县级市的科级干部，当年被组织短暂地放到珠三角锻炼，让他们打一段时间工，看看自己到底有几斤几两，混得好也可以不回去。他约我小聚，谈起在广州“打牛”，以及官场点滴，感慨不已。

LY公司聚集的是一些心比天高命比纸薄，越穷越想发财、越想发财越穷的人。老板和员工都想做一单大的，然后好好休息一下，三年不开单，开单吃三年。听说老T前几年铤而走险进去了，不晓得是不是真的。

我从LY公司转战LC公司的时候，这家公司已经开了十多年，算个老牌广告公司了。LC公司和广东省轻工系统有某种渊源，客户以日化企业居多，先是做设计、拍片，后来承包了央视某频道的一些广告时间。面试的时候，老板老L很牛叉地跟我讲：“我不怕你拿提成，就怕你没本事。”

老L年轻的时候很帅，我见到他的时候，他四十出头，微胖，略秃，常穿件黄色的西装，再打条黄色的领带，看起来像个大老板。老L快四十岁的时候，被合作伙伴卷走了一大笔钱，从开军牌车陡降至挤公交车的境地。短短几年时间，LC 公司竟起死回生，有人说经受这种打击还能复原的人不超过百分之一。但是老 L 脾气很不好，而脾气坏到那个程度还能把生意做成那样的也很少见。

LC 算个比较专业的公司，大门口有一堵电视墙，主要的电视台在播什么广告一目了然。公司专门请了几个策划，成天做各种竞品评估、受众分析、投放策略。我和策划部几个人比较聊得来，喜欢看他们怎么做方案。小丁原来在鞋厂上班，自学成才，但身体孱弱，情绪不太稳定，经常和媒介部的女同事吵架。那些女同事气得恶狠狠地骂："× 的，活该找不到女朋友！"小丁老像没睡醒，眼神有些迷离，看人似笑非笑。有次开会，老 L 正在讲话，小丁又是那个眼神，老 L 很愤怒地说："怎么看到有人在冷笑，难道我讲得不对吗？"小陈成天笑呵呵的，对什么事都无可无不可。小贺大学刚毕业，广告科班出身，常说公司那些人对广告"一点儿不懂"，不久飘然离去。

2003 年年关前，我终于做成了一单。这单业务来自老 W，老 W 是广东另一家广告公司的老板。一同入职的女同事小黄也先后搞定了一家家具和摩托车客户。看起来形势喜人。

其实，那两年 LC 公司的情况并不好。受"非典"影响，广东的日化产品要一路消毒，运到卖场的时候已经有了一股很大的消毒水味道，很不好卖。倚重日化行业的 LC 公司 2003 年据说净亏了近千万元，老 L 很焦躁，但也无可奈何。

早在 GS 公司的时候就已经听人提起过的黎小姐，早我几个月进入 LC 公司，不过还没出单，老板言语间已经很不客气，大家替她着急，她自己压力也大。黎小姐大学毕业没多久，没见她穿过漂亮的衣服和鞋。我总觉得男人穿的东西很简单，洗干净，遮住腚，就可以了，但是女人特别是年轻女人还是要尽量穿得好一些。

比我晚几个月入职的小李，原来做过珠宝公司的总助，颇见过些世面，人挺大气。我 2005 年年初离开 LC 公司的时候她没出单，2006 年下半年离开广告行业的时候她仍然没出单。后来，她终于出单了，是大单，搞定了顺德某家电大品牌。她的业务量一度占全公司一半以上。

和 LY 公司的小李还有点故事没说完。有一次，LC 公司要把一大笔现金从一家银行转到附近另一家银行，让我帮着提一个装有七十万元人民币的小密码箱。我正提着钱在大街上走，小李不合时宜地出现并热情地跟我打招呼，啰啰唆唆准备短话长说。我急忙说："啊，哈，有点急事，有点急事，回头再聊。"十年前，老 L 让我提巨款上街，是考验我，信任我，还是要害我？

后来，我曾到小李租的房子里小坐，这时他已经有了新女友。我坐在那里，他给她女朋友打了很久电话，然后开始不停地叹气，让人不明所以。再后来，小李做了安利，经常给我发些励志的短信，我觉得烦又不好意思说。有一天晚上十一点多再次收到励志短信，我第二天上午忍不住打电话提醒他那么晚就别发短信了。想不到他马上变得很激动，说了一大通道理，大概意思是你这么不上进不努力，不会有什么出息，不会有自己的"事业"。我也火了，马上发短信告诉他："你算什么东西，敢来教训我？……愿上帝保佑美国和安利！"从此，我再也没收到过励志短信，也没见过小李。

刚到广州没多久，有个在中意人寿跑保险的小子神秘地邀请我跟他到番禺碧桂园的会所参加"产品推广会"。一个中年女人滔滔不绝地描绘“仙妮蕾德”的美好前景。她优雅地说：“您看我都五十多了，这张脸收拾得还行吧？”我以前从没到过那么高档的地方，从没见过那么能说的人，也从没见过那么显年轻的中年女人。但是，我对这一类东西始终没有好感，直到现在依然如此。

在 LC 公司一年多，陆陆续续做了几个小单，赚了点小钱。而在 2004 年年底接个大单、2005 年轻松一年的如意算盘落空后，我不禁萌生退意。

老实说，LC 公司是个不错的平台，也是我待过的广告公司里面最专业的。在 LC 公司，我对央视的媒介产品有了初步了解，对电视媒体的特点和评价方法也有了一定的认识。当年的央视代理公司大部分我都打过电话，大家都是同行，相互之间很客气，尽管有点虚假。陈晓旭的广告公司当年还很红火，接电话的据说是她的亲戚，听起来不冷不热。

因为对央视媒介产品比较熟，老 W，也就是让我做成第一单的老 W 觉得我这个人有一定的价值。

（四）

在委身老 W 的 TX 公司之前，我还在 SG 公司待过一段时间。

SG 公司在广东电视台大院后面的住宅楼里，老板老 Y 饿过肚子，睡过露天坝，大部分员工也是草根出身，没念过什么书，但精通人情世故，善于察言观色，会说话，不信邪，坚持最冷酷的逻辑：赚到钱的都是爷，就该吃香喝辣，夜夜笙歌；赚不到钱的都是孙子，就该去搬砖，做大侠，如果都干不了，那就去死。这班人积极勤奋，能一边搞定媒体资源，一边搞定某些对味口的客户，一般人很难理解。

广东电视台大院里有很多这种公司，但资源渠道不同，做事的风格也各不一样。有些公司伺机而动，逮住了一个客户就狠狠地赚一笔。听说某个公司搞定了贵州某白酒企业，给对方的销售老总许以巨额好处，然后关起门来琢磨了两个星期的合同条款。合同签了，广告也投了，巨额好处却分文不给，销售老总说要撤单，但条款签得死死的，撤单可以，但要赔钱。销售老总半夜打电话过来说你多少给我两个钱嘛，这边坚持公事公办，一分钱都没有。销售老总威胁说，要带人到广州找你，这边说，那你来吧，我请你们吃饭。销售老总无法可想，最后被迫辞职。

SG 公司的销售总监小 C 算个传奇人物。小 C 初中没毕业，早早到外面闯荡。在进入广告行业前，他在酒店里做雕刻师，能用萝卜刻出花草龙凤。小 C 开始做广告业务时，苦心经营很长时间颗粒无收。不承想，有一天狗屎砸破头，某大饮料品牌因对老合作伙伴不满，回头找了先前打过电话的小 C，使他大赚了一笔。小 C 觉得自己运气不错，更坚信这是自己长期努力的回报，从此变得十分亢奋，业务做得顺风顺水。后来小 C 甚至一鼓作气，凑了好几本广告、营销方面的书，封面上小 C 两手抱胸，俨然专家学者。小 C 在自媒体上公告，咨询一个项目年收费两百万起，咨询对话一个小时收费两万起，干不干随你。大概是因为小时候营养不良，小 C 个子不高，他经常遗憾地说："我要是有一米七以上，起码比现在成功一倍！"小 C 当年开的是 TEANA（日产天籁），车上反复播放陈安之演讲的 CD。小 C 常说："人随时随地都要学习，我每天看两个小时的书，你们做得到吗？"

我确实做不到，只好走。

老 W 的 TX 公司在中山，TX 公司的前身是 HS 公司，一度异常红火。二十世纪九十年代，央视在广东的媒介推广会不在广州而在中山开。HS 公司不仅代理了中山本地的小霸王、爱多、华帝等当时风头正劲的大品牌，更把远在边塞的伊利也收入囊中。那是 HS 的黄金时代，是品牌的黄金时代，中山的广告行业以前和以后都没那么辉煌过。在一千个人里面，如果幸运，你也许可以发现一两个真正超常聪明、才华出众的人，HS 的老板就是那种人。但聪明人也有短板，他后来因故身陷囹圄，HS 公司由元老老 W 一力维持，公司改称 TX，但已繁华不再。

HS 公司培养了好几个如今仍然活跃的广告人，老 W 算一个。老 W 这个人有几个突出的特点：聪明，帅气，勤奋，好学，但没念过大学。TX 公司水平一般，但老 W 单凭个人的力量一年也能挣一百万。老 W 看重实效，鄙视形式主义，那些拍广告片的大胡子导演，被他斥为装神弄鬼的人。老 W 在 HS 的一个老同事，从 HS 出去后有几年一年做好几个亿的生意，弄了个上海交大的文凭。老 W 揭秘说："这个人根本就没读过大学，进 HS 之前，他在街上卖假手表被抓了刚放出来，衣服都没一件像样的，但是老板看他像个能拼命的人就把他留下了。"确实，那个人一看就是狠角色，即使不做业务，在街上抢包、拼刀子，一般人恐怕也不是对手。

我在 TX 公司只有一件事值得一提。十年前做学习机的很多，一家深圳做计算机 OEM 的公司心血来潮要来凑热闹，宣称准备花五千万美金打造品牌。以这家公司的生产能力，做个学习机当然不在话下，很快产品就出来了。产品由某超女代言，但不久后又传出有什么纠纷，网上各种议论各种吵，一看背后肯定有推手。

我们接触这家公司的时候，三人行等大公司已经捷足先登，但我们坚信对学习机行业的理解以及对这个案子的重视程度，一定能让我们胜出。我熬了几个晚上，方案很快就做出来了，行业和产品、目标受众、媒体环境、媒体策略，一共做了九十八页 PPT。

一个风和日丽的好日子我们到深圳提案，听提案的有对方的董事长、董事兼营销总监，还有媒介经理。董事长不动声色，营销总监看起来有点狂傲，一再强调他们是做实业的，有实力。提案很成功，我们在学习机行业做的调研他们很感兴趣。为了这个案子，我们前后三次到深圳提案，直到最后对方提出要按周付款，我们才觉得他们可能没什么钱，虽然最终确定的投放金额不足方案里的十分之一。而且，我们在这个案子当中遭遇了我的老东家 LC 公司，幸好方案里的广告时间不是 LC 公司承包经营的资源。

在所有公司都报出底价后，对方已经准备和别的广告公司签合同了，我们被逼放出了最低价。原来北京有一家兄弟公司承包了方案里的广告时间正好没卖掉，闲置在那里，卖掉多少就可以少亏多少。我们的报价把那个媒介经理快逼疯了，她原本认为我们已经被榨干了利用价值，可以抛弃了。她把我的 QQ 都删了，鉴于我们的价格确实有优势，又不得不觍着脸加回我的 QQ。我不记得是不是 LC 公司接了这个单子，但广告并没投放多久。媒介经理留给我的最后一句话是“你们陷我于不义”，他们自己不专业，还想抛弃我们，那就别怪我们了。

当时几个学习机大品牌的投放金额都是好几千万，原以为这个案子接下来怎么也会有一千多万，不承想竟是南柯一梦。我们从特殊渠道得到消息，说这个公司账户上的钱很少，少到不足以支付一个月的广告费。虽然老 W 和我都有些失落，但总算有惊无险，不接这个单子不会损失什么，而勉强接下这个单子可能会惹更多麻烦。

我猜想这家公司就是那个董事长和营销总监投资的，只不过是借用了那家电脑公司的名头和生产能力。他们并没投多少钱，指望在收到代理商的预付款后打广告拉动市场，无奈事与愿违。我可能没猜错，因为接下来的两三个月，这家企业全线崩溃，最终以散伙收场。

这件事使我对广告业彻底失去了兴趣。其实，二十世纪末广告行业已经逐渐规范，钱越来越难赚。以前有人刻意在广告播出时请客户吃饭、喝酒，趁着觥筹交错、灯红酒绿时漏播它若干次，不过这套把戏早已不好使。此外，优质的媒介资源被一些有实力、有背景的企业垄断，一般人无从染指。而创意、策划等卖脑的活，一般人又没那个参与能力。

我在中山和一个同事住过 HS 老板的房子，有一天，小偷趁我们上班时把房子翻了个底朝天。我在收拾东西时发现一部手写的书稿——《仅次于总统的职业》，是对这个老板广告生涯最光鲜的记录。广告行业精英人士玩起来才得心应手，千百万靠打鸡血激励斗志的业务人员没有一丁点推进或者阻碍这个行业发展的力量，十亿分之一都没有。这些人就是全部饿死，对行业来说都没有一点影响。换句话说，这些人本来就不应该出现在这个行业里。当然，也有个别靠做业务发财的极端案例，但一将功成万骨枯，对绝大部分身无长技的人来说，与其投身这个行业误入歧途，还不如去做点什么别的力所能及的营生。对他们来说，广告不是仅次于总统的职业，而是仅强于乞丐的职业。

基于以上认识，2006 年下半年我离开了广告行业。这四年多时间基本上是失败的，但也没有完全浪费。广告、传播、公关的一些基本知识和技能，现在仍然用得着。更重要的是，CG、LY、LC 已经挂了，而我还活着。

CG、GS、LY、LC、SG、TX，在四年多时间里待过这么多公司，难怪有人会质疑我对企业的忠诚度。看来这辈子如果还需要投简历，就有必要把这些地方写成“GS、LC 等公司”，把现在已经百度不到的那几家都给“等”掉。

前几天看到几句话，觉得讲得很有道理，好像是专门跟我讲的——踏实一些，不要着急。你想要的，岁月都会给你。

有些东西岁月没给你，是因为你想要的太多。

青葱岁月的衣食住行

正在上高中的外甥说因社会实践所需，要本人作为他的老校友回忆一下高中生活。我答应他会写写在高中的衣、食、住、行、学，结果只写了前四个字，“学”没写。为什么呢？因为从十六岁开始，由于种种原因，我在“学”方面就不太行了。在“学”这件事上，我播龙种、收跳蚤，想起来伤心，不说也罢。我的高中生活基本上是灰色的，在恩施（鄂西）高中读过书，既令人骄傲（至少满足了虚荣心），又成为某种负担。以前我从来没有以文字形式回忆过这段青葱岁月，以后估计也很少，甚至不会了。

衣——板板儿鞋

二十年前学生的穿着与现在相比，非常单调，阿迪和耐克还没怎么听说过，潮人装束也不过是条把萝卜裤、件把花衬衣。我们1992年的毕业照，色彩依然很深沉，从这张老照片中完全看不出中国马上就要搞市场经济了。

只有两个东西还能经常让人想起来：不知道是从什么时间开始，

女生几乎人人至少一条黑色弹力健美裤，不论高矮，不论胖瘦，有条件的要上，没条件的创造条件也要上；不知道又是从什么时候开始，男生几乎人人一双板板儿鞋，不分贫富，不分贵贱。本人亦不能免俗，筹资置办了一双。所谓板板儿鞋，就是黑色灯芯绒鞋面加土黄色塑料硬底，毫无创意，三五块钱一双，走起路来发出单调的啪啪声。我一直认为板板儿鞋风靡恩施城校园是从州一中开始的，不知道这是不是州一中引领恩施时尚风潮的最初记录。

板板儿鞋这么没有品位的东西为什么会流行一时，令人费解，正因为如此，也使我经常想起来。

食——肥肉烧饼

在我的记忆当中，1990 年左右州一中的伙食一直不好，甚至出现过罢吃事件。一些有办法的同学，多次翻墙跑到工校、财校等邻校蹭饭（也是给钱的），邻校不胜其烦，高筑围墙以待。

不过，州一中吃的东西并非乏善可陈，值得一提的有花卷，味道就是比人家的好一点，运气好时还会吃到比较大块的肉。当然，更值得一提的是烧饼，滚烫、油亮、喷香。前两天和正在州一中念书的外甥聊起来，他说州一中的烧饼现在也不差。这样说来，州一中烧饼深得家学真传，也算个品牌了。其实据我观察，其制作方法并不复杂，无非是多放点肥肉末，略加辣椒、葱屑而已。

住——高三楼

我们高一、高二住的是老宿舍楼的一楼，阴暗潮湿。同样令人不爽的是门房是一个干巴老叟，脾气火暴、古怪。不过高三住进了高三楼，依然八人一间，但条件大为改善。门房据说当过红军，一头银发，满面红光，正气凛然，让人不服不行。

高三太苦太忙了，高三楼的故事很少。印象深刻一点的就是，有个练气功的兄弟，平时沉默寡言，学习十分刻苦但成绩仍然不佳，有一天晚上临睡时他突然神秘兮兮地说："我们寝室今天晚上要出事。"我们吓得半死，赶紧报告保卫科，保卫科长拿着电警棍过来查看了一番，说："你们放心睡就是，没得事！"本来就神经衰弱，又受了惊吓，我们哪里还睡得着？一位胆小的同学（现在在公安局供职）吓得挤到我床上，一屋的人一夜无眠。

一年后，我们从高三楼走出来，几人得意，几人失落，一个个面色苍白，神情疲惫。高三楼里的故事，鲜有亮色。

行——橄榄包

从前好像从没见过有谁是坐小轿车上学的，大部分人坐公交车，小部分人骑自行车，还有小部分人走路。摩托车是绝对的奢侈品，我们班上一位兄弟曾梦想拥有一辆，他爹给他六百块钱让他去还账，他看到舞阳商场抽奖，最高奖品为嘉陵摩托，五千多块那种的，结果摩托没抽到，抱回去一大堆清江牌肥皂。

那时候，恩施城区的学生周五放学后回家，周日回学校上晚自习，几乎人手一个"橄榄包"，五颜六色。橄榄包收起来不如信封大，打开能装100斤大米，非常实用，城区的同学们就用这种包来收拾一周所需，吃的穿的用的都往里面塞。

我最近怀旧地用百度搜索"橄榄包"，其结果头三条分别是：海鲜橄榄包、意大利橄榄包、红豆橄榄包。"橄榄包"已然成为一种吃食，不再是学生娃的标配，不再是青春的行囊。

槐花几时开

（一）

1992 年匆忙而又缓慢，高考已经迫近，历史、地理怎么也背不完，记不住。二十多年来，我做过的噩梦有一半是考试，其中又有百分之九十与记不住历史知识有关。念文科还是城里的孩子强一点，人家小时候就知道一战二战、巴黎公社，我只知道“公社”在盛家坝。

在五六月份备考时，校园里的几树槐花已悄然怒放。七月份出成绩时，槐花豆荚结得一摞一摞的，一派丰收景象。但是，那年的科场却是个荒年，不如意者十之七八，好多眼窝深陷、皮包骨头的年轻人经受了有生以来最大的创伤。

1990 年失怙以及随后发生的很多事情，已经使我明白自己要比同龄人经历更多磨难，要独自面对更多问题。虽然还是野心勃勃，但我已然不如以前那么优秀。

（二）

在武汉念书时，我接待过一位从另一个城市来访的兄弟，高中时我们邻班。

我带他到武大看樱花，又在樱花树下吃粽子，看武大的学生上体育课。看着同龄的男男女女在这么漂亮的校园里学习，我们心里有说不出的羡慕和嫉妒。对我们来说，武大已经是另一个世界了。

后来我才明白，他此行是为了探访他的女神，但女神说她不在。那位兄弟健康、纯朴、阳光、不帅，是好人家的孩子，在男女之情上深挚而笨拙，不知道是不是心里也有一条暗河，在无人看见的地方激流汹涌？

有些人和事，如果很长时间不想起，又没有人提醒，很可能就会彻底忘记。今年高中同学在微信上聊，翻出了二十三年前的毕业照，圈出了这位兄弟，我才想起，我和这位关系并不近的同学，曾经还有过这段往事。

后来，我们在微信里遇到了，我开玩笑问他还记不记得当年一起到武大看樱花的事情，他一声叹息，说往事不堪回首。他现在事业有成，而且早已“伤心人别有怀抱”，少年的往昔已如云烟飘过。

我多次到武大看樱花，以这次印象最为深刻，樱花仿佛对我嫣然一笑。

2000 年前后，我动过考研的念头，通过老师联系上了武大文学院的李教授，与李教授通过一次电话。教授平易近人，没有一点架子，让人意外。

其实，我并没有研究古典文学的扎实基础，也没有真正的兴趣，即使勉强考上，也未必能破解我当时的困局。

我自认为逻辑思维还可以，在诗词歌赋方面有所欠缺，而且这个东西需要一点童子功，我在这方面却非常薄弱。现在看来，我真正感兴趣的学科恐怕只有语言和文字了。如果刚踏入社会时有高人点拨，在法律或财会上有所突破，那么我的职业道路可能会走得更远一点。

（三）

毕业前的四月份，我跟同学去过一趟汉川刘家隔镇的乡下，那是我第一次也是唯一一次深入江汉平原。

这位同学像个粗人，但能写一手好字，偶尔还看看《悲剧的诞生》之类的书，和我关系不错。他家做生意，住在刘家隔的一个村子。

同学带着我在村子里乱串，我也想观察一下平原上农民的生活与山里有什么不同。那些人的生活算不上富有，但很闲适，早上要喝几杯米酒才开始干活。在路过他婶子家时，他嬉皮笑脸地拿走了桌子上一包“坏货烟”——最便宜的那种红金龙。我们在他堂哥家的鱼塘里钓鱼，开始钓起来两条“黄骨头”，我急忙用手去抓，被鱼翅扎伤了手。后来又钓起来一条小青鱼，扔回鱼塘里去了，青鱼是人家养的，怕他堂哥不高兴。

我们又到水渠边看那里的孩子放牛、放猪，地上长满了苜蓿草，开满了红色的小花。那里好像也有几棵歪歪斜斜的老槐树，上面有一串串半开的槐花。孩子们很快乐，互相追逐打闹。与恩施山区不一样，那里的农民并不把养猪当回事，晚上把猪随便拴在一个地方，喂点米糠、碎米了事。

正巧他堂伯家嫁姑娘摆酒，他提议我们去吃一餐。菜以鱼为主，蒸鱼、炸鱼、鱼糕、鱼丸等一共有七八道，还有鸡、鸭，猪肉只有一碗，鱼米之乡果然与山区大不一样。席上喝的是米酿的白酒，有点淡淡的米香，那是我第一次喝米酒。吃饭的地方在二楼，他堂伯到处招呼客人“喝好哇”，脸上却带着一丝不易察觉的忧愁。武汉周边的人说“喝”听起来像“活”，很有意思。

我们在刘家隔待了三天两夜。走的前一天深夜，我从梦中惊醒。想起学生时代即将终结，前路不堪闻问，梦想无处分付，听着同学的鼾声，我再也不能入眠，只觉得夜色清凉，不知时辰几何。

走过长江桥

大概是 1994 年，有个周末我逛完武胜路书店，手里只剩下一张 50 块的纸币。我想买点零食、饮料之类的小东西把这张钱破开，正准备掏钱，发现店里收钱的地方写着“假币报警”的字样。万一我这张钱是假的呢？如果这张钱被当假钱没收了，我怎么回学校？要不到武昌看看吧，顺便找个地方换点零钱，但先得步行过长江大桥。

我慢慢地边走边看。看到守桥的武警在岗亭里站得笔直，心里想，如果有蚊子落到他们脸上他们不打我不相信。又看看左边的晴川饭店，有老师说那个造型就像块碑，龟山就像座墓，别说还真有点像。还有电视塔，就是一根大号的“KENT”。桥那头的台阶上，有个衣着整洁、目光清亮的老头儿在讨钱，旁边放着一本二十世纪六十年代给他带来不幸的书，他说那是他自己写的，也不知道是不是真的。我很好奇，想去看看他还在不在那里。到司门口书店去看看也不错，里面有些原版英语书，也许可以买一本装装样子……

我身后跟着一个四十来岁的女人，板着脸，我走多快她走多快，一直走到桥头长松树那里。有些老人家坐在松树下聊天、打牌。我继续往前走，看到一堆人正围着什么在指指点点，原来松树底下躲着一个人，旁边有个黑色的瓶子。我停下来看，那个女的就超过我了。

那个女的扒开人群，看样子想仔细了解一下到底发生了什么事，不禁让人感觉，虽然她的行为不讨喜，但还这么关心这种事，可见她其实是个好人。

“啊——！”那个女的突然撕心裂肺地一声尖叫，晕倒在地。一会儿，旁边的武警到了，强行拦下一辆出租车，把两个人抱上车送到医院里去了。

那个女的和那个男的什么关系？为什么她那天板着脸，有什么心事吗？那个男的救活没有？他喝药前料定那个女的会经过那里吗？如果那个女的那个时候没经过那里又会怎样？我惊魂未定，边想边赶路。

再见钟家村

回恩施过年在武汉转火车，有差不多十个小时的空当，没有事做，就到处转了转。我 1995 年毕业，已经有差不多二十年没到武汉转过了。

第一段行程从武昌车站经汉口、长江二桥到武汉植物园。第二段行程从武汉植物园到汉阳钟家村。然后，从钟家村回武昌火车站。历时六七个小时。

武汉变化真大，我几乎分不清方向。当年的中南商场，陈列有标价 46 万元一块的手表，不可谓不“高大上”。但在后起的高楼映衬下，这座建筑已颇显寒碜。武汉的灰霾比广东严重，多少有些出人意料。二十年前站在长江大桥遥望长江二桥的情形，只能留在梦里了。

当年我经常流连的地方——钟家村天桥已经不在，重型装备忙个不停，这里马上就要通地铁了。武汉到处都是工地，市委书记被誉为“满城挖”，群众很有眼光。

本来还想从钟家村往鹦鹉大道方向走走，无奈时间不等人。吃了一碗 10 块钱的牛肉面后，我就匆匆赶往火车站了。一路上回味那个牛肉面，依稀还是当年的配方，还是熟悉的味道。

为什么很想到鹦鹉大道看看呢？因为我当年在武汉味精厂后面、鹦鹉新村做家教时带过一个学生。差不多一年的时间，我每周三四次往返于这条路，我的学生比我小四五岁，今年应该三十五六岁。这家人姓李，刚毕业那几年，偶尔还会和他们通通电话。后来，他们搬到常青花园，学生给我来过一封信，告知他们新的联系方式。再后来，我下了广东，为生活煎熬，疏于与外界沟通，最后与这家好人失去了联系。

还有两个小插曲要提一下，不提说不定以后就忘记了。

当年的学生所谓摆摊，就是用一张 A3 白纸，写上自己想干啥，能干啥。学生能干啥？做家教。我能教啥？小学生不愿教，高中生不敢教，初中生的英语、数学勉强胜任。

有一天，有位中年女人路过我的摊儿，跟我说：“我看你几个字写得还可以，我是做装潢生意的，需要人写字，肯定比你做家教强多了。”我说：“先试下，你觉得我行，我就干。”我跟着她到了归元寺附近的某个小店。有个三十来岁的男人（她说是她干儿子）正在忙活，把写好的字从塑料上切下来。那时候，电脑还远未普及，否则就不会找人写字了。那个女人跟我讲：“这样，你先试试。对面酒店享乐城里的招牌也是我们做的，但是前几天‘享’字被电烧坏了，我们要给补上。你看，就这么大，你写个‘享’我看看。”她指了指面前的一张大白纸。两分钟不到，我就把“享”字给描出来了，她觉得很满意，让我留下来“合作”。在谈钱时，我嫌 80 块钱一个月太低，没谈拢，大家都有几分遗憾。“享”字他们还是用了，也没占我便宜，端给我一大碗热饭和汤。我也没客气，几大口就吃完了。

还有一件事。有个大龄男青年，家住归元寺旁一座独立小楼，说是有个叔叔在武汉海关工作，他也有机会去做个报关员啥的。关系具备，只欠外语，让我教他英语，从音标开始教。坐下来我才知道，这个人舌头可能有点长，说话喜欢把舌尖放在齿间。我要说 [sun] 子，他硬要说 [θ un] 子。教了几天，不得要领。很快，他就放弃了做报关员的梦想，我也失去了存在的价值。不过，他倒是给我拉了些家常，使我得知，他三十多岁了，未曾娶妻。他说："以前我还经常去看看我的老师。这两年我不怎么想去了，你看我这么大年纪没娶媳妇儿，他们也不关心一下。"走的那天，他送我到钟家村。我们在一家牛奶店里小坐，各喝尽一杯热牛奶而别。

钟家村留下了我很多记忆，以至我总忍不住想去那里看看。那两年，在凛冽的寒风里，我偶尔会用一袋热奶犒赏自己的勤奋，兜里宽裕时我会用一个一块钱的肉包子安抚自己的饥肠。

……

欲知前世因

小时候和母亲到亲戚家吃喜酒，晚上一堆老辈人聚在厢房里烤火聊天，其中一位是我远房的姑婆，当时六十来岁。她是那晚座谈的主角，讲的是大病一场差点死去的经历。她说，快死的时候会看到各种人，有不在了的，有还活着的；还会到一个像关口或桥梁的地方，她没走过去，所以又活了过来。听的人觉得恐怖离奇，但那位姑婆始终带着一种顽皮的笑容，好像在讲一件很有意思的事。

现在想起来，她描述的可能是久病不愈、身体极度虚弱时所产生的幻觉或梦境，离死亡还有一定距离。“听见贾母喉间略一响动，脸变笑容，竟是去了。”这种情形我认为更接近真实。

在三十岁之前的十几年间，我也曾有过几次濒死体验。

读高三是一场疲劳战，身体素质下降得很厉害。高考前两个星期，天气热，重感冒，发高烧，吃不下饭，昏昏沉沉，但我没怎么当回事，以为还可以像以往那样挺过去。后来实在挺不住了，一位同学陪我到医务室去看。医生问我怎么了，我说感冒。又问有什么药物过敏没有，我说没有。医生说要打针，我说好。其实我一直很怕打针，到现在都怕。屁股针还没打完，我突然感觉胸闷，好像被人抓住心脏使劲捏那样，越捏越紧，越捏越紧。突然，那只手松开了……醒来的时候，我浑身冷汗，不知道发生了什么事。医生显然受了不小的惊吓，责问我为什么没告诉她一天没吃东西。原来，我休克晕了过去，医生连忙拔出针，又给我打了一针盐水。

几年后，快上班那年秋天，堂姐家生了孩子，我们娘家十几家亲戚去“打三朝”。十几个年轻小伙子挑着箩篼，箩篼里面装着几十斤稻谷，稻谷上面放着十几个鸡蛋和婴儿的衣服、鞋。老婆婆、小媳妇、大姑娘带着孩子。挑箩篼的小伙子又叫“挑担担儿的”，我当天就是“挑担担儿的”。箩篼很轻，挑担担儿是个轻松活。之所以要弄这么多挑，主要是虚张声势，显示娘家人的客气和排场。一二十里山路，大家说说笑笑，边走边歇，三四个小时才走到，一点儿都不觉得累。很快就坐下来吃饭了，大家觉得那个场合应该喝点酒。我觉得那天的酒不好喝，一小杯没喝完就开始吃饭了，但是饭也好像不好吃，很硬。一碗饭没吃完，那种心脏被人捏紧的感觉又来了，我连忙把嘴里的饭吐在地上，然后头一歪栽到地上。我不知道的是，坐在旁边的大哥把我扯了起来，几个人把我扶到床上，大家议论是不是撞到了什么邪，主人家连忙拿点香纸烧了。

再就是 1997 年夏天，那年心情空前绝后地糟糕，身体不好，吃饭不香。有一天，在食堂吃饭，看到食堂吃的又是开会剩下的菜，气得我把饭钵往桌子上一摔。那天感冒了，粗劣的饭菜实在难以下咽。正想劝自己多少吃几口，我就突然从椅子上栽了下来，把坐在旁边的老同事吓了一大跳。法庭的老王用大拇指使劲掐住我的人中，我又活过来了，像从睡梦中被人叫醒一样。老同事笑我，说醒的时候我还大骂了一句，对弄醒我的人特别生气。同事们纷纷慰问，让我注意休息。但是，“从我们最好的朋友所遭遇的不幸，我们总能找到某样并不会使我们不悦的东西”。况且，他们还不是最好的朋友。

最后一次是在过广州大桥的公交车上，我突然觉得难受，还是那种心脏收缩的感觉，不过意识比前几次清醒。我紧紧抓住座椅靠背，心里对自己说：“一定要挺住，现在身边一个熟人都没有，这回要再倒下了，真的就起不来了。”车到广州大桥中间的时候，我全身冷汗，眼睛大约有一分钟看不到任何东西，心想这次肯定要死了。好在命不该绝，车刚下桥还没到站我就缓过来了。那是我到广东的第一年冬天，差点就看不到2003年的第一场雪了。

这几次濒死体验应该和体质差有很大关系，最近十多年再没发生过类似的状况。我小时候长得很壮实，但从十六岁开始一直很瘦弱，直到差不多十年前才慢慢恢复。

此外，我还有两次和死神擦肩而过的经历。

上小学时有次和侄子到田边叫大人回家吃午饭，我在前，侄子在后，两个人一路飞跑。突然我觉得心里好像被人拍了一巴掌，就停了下来。就在我们前面不到三米的地方，是一条断了掉下来的高压电线。不知道那条线有没有电，如果有，那我转世投胎也得有三十多年了。

另外一次，是上高一时和阿P两个人跑到恩施三拱桥上游的龙洞河去游泳，在路上遇到另一个闲逛的同学。我和阿P下了水，那个同学坐在岸上看。阿P很快游到对岸了，我不会水，扑腾几下沉到水里了，岸上那个同学跳下水把我救了上来。我被骂了一顿，“旱鸭子”还敢下水，找死啊！这个事我没敢跟父母说，多年来也很少跟其他人提起，但是那位救我一命的同学，我永远不会忘记。我偶尔会有一种古怪的想法：其实我在十六岁那年已经死了，而这么多年来我看到的，已经是另一个世界的景象。

两年前，我做了个梦，医生郑重地告诉我，我得了某种绝症，将不久于人世，要住院，不准回家。我心里感到一阵冰凉，过了好久才问医生：不让我回去，让我往家里打个电话总可以吧？然后，我就醒了。做了这个梦以后好长一段时间，我心里对身边的家人、朋友和同事都宽容了好多。但没过多久，又跟以前一样了，觉得那不过是梦而已，离真正的死还远得很呢。

前几天看到一个段子：如果有人问我，那些艰难的岁月我是怎么熬过来的？我想只有一句话回答他，那就是：有一种强大的精神力量支撑着我，这种力量名字叫“想死又不敢”。

确实，没人不想好好活着，但死亡对个人来说，可能只是一瞬间的事，让人来不及怕。

“欲知前世因，今生受者是；欲知后世果，今生作者是。”死神屡次光顾，让你不由得不思索因果。

我的前世，大概是作恶多端的坏人，四五十岁了开始做些修桥补路之类的善事，才得以寿终。

我的来世，只求生于平常人家，二十五岁左右成家，生个一儿一女。如果还能做个小知识分子，我想成为一个沉默的技术男，业余时间学一门小语种自得其乐。要是以后科技进步了，生孩子不再那么疼，我也不介意做个女人。

从我前半生的情况来看，这样的目标一点儿也不低，下半生还要加倍努力。